わたくしのことが大嫌いな義弟が護衛騎士になりました

実は溺愛されていたって本当なの⁉

夕日

23244

角川ビーンズ文庫

CONTENTS

CHARACTERS
ナイジェル・
ガザード
ウィレミナの義弟
ウィレミナ・
ガザード
ガザード公爵家令嬢

マッケンジー

王宮近衛騎士団の団長

テランス・メイエ

メイエ侯爵家令息。
ウィレミナの婚約者候補

ダニエラ

ルンドグレーン王国の王妃

エルネスタ

ルンドグレーン王国の第二王女

わたくしのことが大嫌いな義弟が護衛騎士になりました

実は溺愛されていたって本当なの⁉

本文イラスト／眠介

「どうして、お前がわたくしの護衛になるの？」

わたくしは、激しく混乱していた。それはなぜかというと……。

貴族の令嬢令息が、十六歳から十八歳まで通うことがならわしの貴族の学園。

その入学の前日に、お父様から「君の護衛だ」と紹介されたのが……数年ぶりに会う、わたくしがいじめにいじめてすっかり嫌われきっていた『義弟』だったからだ。

違う、違うのよ。誤解がわかってからは、ちゃんと謝ろうと思っていたの。

だけど謝る機会がなかなかなくて、日々はあっという間に過ぎてしまった。

わたくしを憎んでいるであろう義弟の気持ちは、そのままにして。

数年ぶりに会う義弟を、わたくしは呆然としながら見つめた。昔も美しい少年だったけれど、会わない間に義弟はさらに美しく成長をとげていた。

煌めく白銀の髪。騎士の訓練や任務で陽に晒されていただろうに、抜けるように白いままの肌。見つめていると吸い込まれてしまいそうな、美しい青の瞳。

冷たさを常に湛えた……絶世の美貌。

——ナイジェル・ガザード。

わたくしのことが大嫌いな、美しい義弟。

ナイジェルの表情は『相変わらず』動かない。昔から、無表情な少年なのだ。

彼を見つめたまま呆然としていると、ナイジェルが一歩こちらに近づいてくる。反射的に一歩下がると、二歩分距離を詰められてしまった。

近距離にある絶世の美貌に焦りを覚えてまた一歩下がろうとする前に、手が握られて動きを止められた。冷淡な表情の義弟の手なのにそれは燃えるように熱い。

「……ウィレミナ姉様」

義弟は声変わりをして低いものとなった声で、なんらかの感情を押し殺しながらわたくしを呼ぶ。

いいえ、『なんらか』ではないわね。その感情の正体は……憎しみに決まっている。

「お久しぶりでございます」

義弟はふっと口もとを緩めてそう言うと——美しい唇をわたくしの手の甲につける。

その口づけは氷柱のように冷たく、わたくしの心を貫いた。

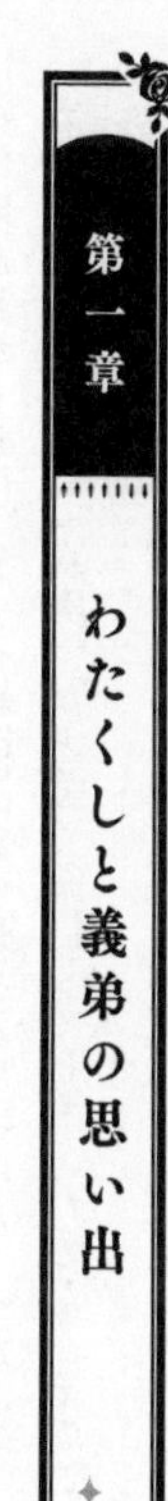

第一章　わたくしと義弟の思い出

ナイジェルとの出会いは八年前……わたくし、ウィレミナ・ガザードが八歳の時まで遡る。

「ウィレミナ。今日から君の弟になるナイジェルだよ」

父が連れてきた少年を目にした瞬間。わたくしの時間は止まったような気がした。

雪のように真っ白な肌。少女と見紛うばかりの、愛らしく整った顔立ち。空のように青く澄んだ瞳。窓からの明かりを弾いて煌めく、芸術品のような白銀の髪。天の神々から美の恩恵を授かったような少年が、そこにはいた。

『ガザード公爵家の令嬢という立派な立場なのにもかかわらず、見た目はずいぶん地味なものだ』と、令嬢たちに陰口を叩かれるわたくしの容姿とは大違いだ。

わたくしは、黒髪黒目という華やかさとは無縁の色合いをしている。その上、顔立ちも平凡なものなのだ。

……それにしても。弟とはどういうことなのかしら。

「弟、ですって？」

「そう、事情があってね。彼を引き取ることになったんだ。弟と言っても、君より数ヶ月誕生日が遅いだけの同い年だ。ウィレミナはいい子だから、仲よくできるよね」

そう言ってわたくしとよく似た容姿の父は、どこか苦さを含んだ笑みを浮かべる。

その笑顔を見て、わたくしは確信してしまった。

――ああ。この子は父の『不義』の子なんだわ、と。

貴族の令嬢というものは、耳年増なものだ。幼いながらもお茶会に引っ張りだこな、公爵家の令嬢ともなればなおさらだ。どこの伯爵が浮気をした、どこの公爵が愛人との間に隠し子を作った。そんな話はお茶会に子どもを連れてくる親たちの、声を潜めているつもりの噂話から常に入ってくる。

……こんなに美しい義弟なのだから、その母親は美しい女性に違いないわね。

きっと、一年前にご病気で亡くなったわたくしのお母様よりも綺麗なのだわ。

耳年増なわたくしは、そんな想像の翼を軽やかに羽ばたかせた。

そしてその想像を、『真実』だと強く確信してしまったのだ。そのことを……未来に深く後悔するとも知らずに。

義弟は無垢そのものの瞳でこちらを見つめている。それを苦い気持ちで見つめ返しながら、わたくしは深呼吸をした。

「……わかりましたわ」

できる限りの平静を装い、しっかりと前を向く。

――内心に、ドロドロと煮えたぎるものを抱えて。

「お父様。ナイジェルの出自のことを教えてもらってもいいかしら？」

わたくしは内心を覆い隠すように、できるだけ明るい笑顔でお父様に訊ねた。敵のことは、ちゃんと知らないといけないものね。

そう、この子は『敵』だ。

わたくしと、亡くなったお母様の敵。お父様の……裏切りの証。

「それは、今は話せないんだ」

「……そうなのですね」

不義の子だ、なんて子どもには言えないわよね。わたくしはこっそりと息を吐く。

「彼はとある貴族家の生まれなのだけれど……いろいろとあってね」

お父様は目を伏せ、憂いを含んだ笑みを浮かべた。

平民との間にできた子というわけではなく、義弟は貴族の家の出身らしい。

貴族同士なら、子どもだけ連れてこずに再婚でもすればいいのに。新しいお母様が来てもどんな顔をしていいのかわからないけれど。

……ナイジェルのお母様が、亡くなっているという可能性もあるのよね。それは少し可哀想だわ。お母様がいなくなるのはとても悲しいことだから。

――ん？　わたくし、なにを考えているのかしら。

この子にどういう過去があれども、認めがたい不義の子であることには変わりがないの。この子の存在を、許すわけにはいかないんだから！

強い視線で『義弟』になる少年を睨めつける。するとナイジェルは、感情を感じさせない表情で首を少し傾げた。

この子って……綺麗だけど無表情ね。しかも、ちっともしゃべらない。

「……ねぇ、まったく口を開かないけれど。挨拶くらいしたらどうなの？　これから世話になる家の人間に対して、失礼だとは思わない？　マナーがちっともなっていないわ」

わたくしの言葉を聞いて、大きくて綺麗な目がさらに瞠られた。い、意地悪を言ってしまったわ。いえ、愛人の子どもなのだもの。これくらい言われて当然よ。

そうよ。この子はわたくしにいじめられて当然なの！

「はは、ウィレミナは手厳しいな。ナイジェル、ウィレミナは君と同い年だがマナーの授業や勉強はかなり先に進んでいてね。とても努力家で可愛い子なんだ」

子煩悩なお父様はわたくしを褒めたあとに、おっとりとした笑みを浮かべる。

わたくしは一瞬得意げな顔になってしまったけれど、すぐに我に返った。

「お父様、わたくし当然のことをしているだけですわ」

つんと顎を反らして冷たく言ってみせたけれど、お父様は「そうか、そうか」とこちらを見つめながら愛おしげに眦を下げるだけだ。

不義の子を連れてきたくせに、どうしていつもの調子でそんな締まりのない顔ができるのかしら。

そうは思うけれど、唯一の肉親であるお父様に嫌われたくないわたくしはその言葉を呑み込んでしまった。

「……貴女は、すごいのですね」

不意に、ナイジェルの口からそんな言葉が零れた。

そちらに目をやると、大きな空色の瞳がじっとこちらを見つめている。

白銀の長いまつ毛に縁取られたそれは本当に綺麗で……わたくしは思わず見惚れてしまった。だけどすぐに、気を引き締め直す。

「当たり前よ。お前とは違うの」

つんとしながら憎まれ口を口にしてはみたけれど。それで『すっきりする』なんてことはまったくなく、心にもやもやとしたものが生まれるばかりだった。

……なんだか嫌だわ。憎まれ口って言えば言うほど、こちらの品格が落ちていくような気がする。わたくしの品格が落ちずにこの子をいじめられるような、素敵な憎まれ口はないものかしら！

そんなことを考えていると、ずいと義弟に歩み寄られる。な、なに？　憎まれ口に怒ったのかしら？　つい身構えるわたくしに――。

「これからよろしくお願いします。ウィレミナ姉様」

義弟は無表情でそう言うと、ぺこりと頭を下げたのだった。

ナイジェルが我が家に来てから、一週間が経った。

義弟の至らないこと――食事のマナーが悪いとか、勉強がまったく進んでいないとか、初級のダンスすらまだ踊れないとか――を指摘するという方法で、わたくしは日々義弟いじめに励んでいる。

すべて事実の指摘だから、わたくしの品格も落ちていないわよね。ええ、落ちていないはずよ！

ナイジェルは貴族の出自のくせに満足な教育を受けていなかったらしく、指摘することが山ほどある。だからいじめのネタには事欠かなかった。

彼の元の家は一体どんな環境だったのかしら……必要最低限の教育もしていないなんて。嫡男でなくても、場合によっては領地経営に携わる可能性がある男子なのよ。

爵位しかなく、領地がない家の子だったのかしら。俸給のみだと家庭教師をつけるのも大変なのかもしれないわね。

もしくは、よほどの放任主義か——虐待か。

それを想像するといじめの手が緩みそうだったので、わたくしはそれについて考えることを放棄した。

このいじめの方法には、一つの誤算があった。

至らないことを指摘すると、ナイジェルが真顔で教えを乞うてくるのだ。

家庭教師もつけてもらったのに、どうしてわたくしに訊くの。

もちろん突っぱねているのだけれど、この義弟はなかなかしつこい。なので近頃は根負けする場面も増えていた。

「ウィレミナ姉様、これはどういう意味なのですか？」

「自分で考えなさいな。お前は本当にダメな子ね」

「……僕はダメなので、一人ではわからないのです」

殊勝なことを言いながらも、義弟は恐ろしいくらいに無表情である。ナイジェルは表情筋が死んでいるらしく、いつもこの調子なのだけれど。見たこともないくらいに綺麗な顔に、無表情でぐいぐい来られるのは正直怖い。

そんなわたくしとナイジェルのやり取りを、使用人たちはいつも微笑ましげに見つめている。

義弟をいじめる義姉を見て、なにが楽しいのかしら？　あまりいい趣味とは言えないわよ？

ナイジェルもどういう感情で、いじめを行うわたくしに教えを乞うているのかしら。

「もう、しつこいわね！　二度は説明しないわよ。ほら、本を見せなさいな」

「はい、ウィレミナ姉様」

「姉様と呼ぶのは止めなさいと何度も言っているでしょう。わたくし、お前の姉になった覚えはないの」

「……僕にとっては、貴女は姉です」

ツンとした口調で言うと、少しだけ眉尻を下げて悲しげな顔をされる。

こんな時だけ表情を動かすなんて、ずるい子ね。

わたくしとナイジェルはしばらく見つめ合った。わたくしは見つめているわけではなくて、睨んでいるのだけれど。そして根負けしたのは……こちらだった。

「……仕方のない子。わたくしを姉と呼ぶのなら、それに見合う努力をなさい」

わたくしはガザード公爵家の娘としての教育を、物心ついた頃から受けてきた。そんなわたくしを姉と呼びたいのなら、それなりの成果を出してもらわないと。

「はい、ウィレミナ姉様」

ナイジェルは神妙に見える面差しで何度も頷く。わたくしはため息をひとつついてから、口を開いた。

「それで、どこがわからないの？」

訊ねながら体を寄せて本を覗き込む。すると同じ長椅子に座っているので、ナイジェルとひたりと肩が触れ合った。視線を感じてそちらを見ると、ナイジェルがじっとわたくしを見つめている。

その青の瞳は――少し怖いくらいに澄んでいた。

心臓がバクバクと大きな音を立てる。義弟から視線を逸らせず、わたくしは激しく混乱した。レディを不躾に見るものじゃないと、叱るべきかしら。そもそもどうして、そんなに見つめているのよ！

ナイジェルからの視線がふっと逸らされる。そして白く細い指が本の一文を指した。

「ここが、わからなくて」

「……ああ、簡単な計算ね」

……今のは、なんだったのかしら。

まだ大きな脈動を刻んでいる心臓を片手で押さえながら、わたくしはナイジェルに問題の解の説明をはじめた。

ナイジェルが我が家にやって来て二年が経ち。彼の成長は目覚ましく、わたくしのやっている授業の範囲にすぐに追いつき——そして追い抜いてしまった。

家庭教師はナイジェルを『天才だ！』と褒めそやし、わたくしは少々どころでなくご機嫌斜めだ。毎日死ぬ気で頑張っているのに、不義の子にすぐに追い抜かれてしまうなんて。本当に屈辱でしかない。

そして、わたくしを追い抜いたくせに……。ナイジェルはなぜだか未だに、一緒に勉強をしたがるのだ。

周囲に他に大人しかいないせいかしら。困るのよ、悔しいけれど教えることがないのだもの。こちらの劣等感ばかり募るじゃない。

ぜんぶあちらの方が上だから、憎まれ口を叩く隙もどんどんなくなっているし！　不義の子は許せないけれど、ないことばかりを言うような矜持のないいじめ方はしたくないのよね。……これはどうしたものかしら。

この国では、女性が一家の当主となることが認められている。お父様はわたくしを当主にするのか、女児しかいない際の特例を利用しわたくしの婿を当主にするのかを明言していないけれど……。『女公爵』になる時がやってきてもいいように、わたくしは日々勉学に励んでいた。

その努力を……義弟は軽々と追い越してしまう。

ナイジェルを当主に、なんて話もこのままだと出かねないわね。それがガザード公爵家のためになるのなら、わたくしはそれに従うしかないのだけれど。

今日も図書室で自習をしているわたくしのところに、ナイジェルが本を抱えてやってきた。その表紙をちらりと見ると、わたくしが見たこともない教科のものだ。

……本当に、なにをしに来たの。

自分をいじめる、嫌いな義姉に当てつけのつもり？　人のことは言えないけれど、ナイジェルも相当性格が悪いわ。

「ウィレミナ姉様、一緒に勉強を——」

「わたくしが教えることなんて、もうないじゃない。邪魔だからどこかへ行ってくれないかしら？」

苛立ちながら睨めつけても、ナイジェルの表情は揺らがない。ちょっとくらい、反応を示しなさいよ！

「ウィレミナ姉様、僕はまだ未熟です。だからお側で学ばせてください」

ナイジェルはそう言うと、わたくしをしっかりと見つめた。……その顔はやっぱり無表情だ。

「嫌よ。邪魔だもの」

「……側にいるだけでいいので」

「邪魔――」

「姉様……」

「ああもう！　無表情で瞳を潤ませるのは止めなさい！　怖いのよ！　わかったわよ、いるだけなら許すわ！」

ナイジェルはしつこく食らいついて、今日もわたくしの隣を確保してしまった。

毎日嫌味を言ってもめげないし、被虐趣味でもあるのかしら。いやだわ、そんなものにはつき合ってはいられない。

隣で大人しく本を読むナイジェルの姿を、こっそりと盗み見る。

この二年間で……ナイジェルはその美しさにさらに磨きがかかった。

顔立ちは出会った頃より少しシャープになって、彫りの深さが際立ったような気がする。

以前は中性的な美貌だったけれど、今は絵に描いたような美少年だ。

交流のために屋敷を訪れる令嬢たちも、すっかりナイジェル目当てになっている。

あの綺麗な義弟とお話ししたいとうるさいから、根負けして場を用意したことも何度かあるのだけれど……。

ナイジェルは、この家の者以外とはほとんど喋らないことがわかったのだ。

わたくしの前でもじゅうぶん無口な子だと思っていたけれど、家人以外の前ではなおさら酷い。『はい』と『そうですか』の二択くらいしか、会話のパターンがない。

令嬢たちの帰宅後に叱っても、『しゃべる必要がないので』なんて澄まし顔で言うのよね。どういうつもりなのかしら、本当に。

ちなみにわたくしの容姿は二年前と同じく冴えないままの容貌だ。姉弟なのにどうしてこんなに差が出てしまうのかしら。わたくしのお母様も、それなりに美人だったのに！

「今度のお茶会には、ナイジェルも行くことになったからね」

とある日。お父様から告げられた言葉に、わたくしは目をぱちくりとさせた。

今まで、お茶会にはわたくし一人で参加していたのに……。

近頃はお茶会に行こうとするたびに、『僕も一緒に行きたいです』、『……姉様が誰かに目をつけられたら』なんてよくわからないことを言いながら、ナイジェルがつきまとってくる。それを長い時間をかけて振り切って一人で出かけるところまでが、お決まりになっていた。

あの子ったら、お父様に頼み込んで一緒に行けるようにしてもらったのかしら。本当にわがままな子ね。

そんなにお茶会になんて行きたいものかしら。腹の探り合いばかりで、本当に疲れるだけの場なのに。

……ナイジェルのせいで、探り合いの原因が一つ増えてしまったし。

ナイジェルが不義の子だという公表は当然されておらず、表向きは『不幸があった親戚の子を引き取った』ということになっている。だけど『ガザード公爵の事故に遭った親戚』なんてものが存在しないことは、少し調べただけでわかってしまうわけで。『ナイジェルは、ガザード公爵の不義の子なのではないか』という噂がしっかりと立っているのだ。

そしてその真偽を確かめるため、わたくしに探りを入れられる。どこの家だって、他家の弱みは摑んでおきたいものね。

その勘ぐりは——すべてきっぱりと否定しているわよ。

ナイジェルが不義の子だと知れたら、うちの家名に傷がつくもの。

建国の頃から王家を支える王国三大公爵家のひとつであるガザード公爵家の家名を守ることは、なによりも優先すべきことなのだ。だってわたくし、誇り高きガザード公爵家の娘ですもの。そんなの当然よ。

「ナイジェルと、お茶会ですか」

「うん。そろそろいいかと思ってね。マナーもずいぶんと向上したことだし」

「それは……そうですわね」

ナイジェルはお勉強だけではなく、マナーやダンスに関してもとてつもない向上を見せた。その立ち居振る舞いを目にしたら、やんごとなき血筋の貴公子だと皆なんの疑問も持たずに信じるでしょうね。

じわりと、苦い気持ちが滲む。

悔しいわ。わたくしはなにひとつ、不義の子に敵わない。

……お父様の愛情が、ナイジェルに奪われたらどうしよう。

そんな不安も、正直あるの。

わたくしには血筋しか取り柄がない。見た目も凡庸だし、頭もそんなによくもないわ。それを努力で補おうとしてきたけれど、ナイジェルのような本当に出来のよい子にはすぐに追い抜かれてしまう程度の成果しか出せない。

ナイジェルのお茶会参加も彼のわがままではなくて、義弟に家を任せていこうというお父様の意思表示だったら……。

「……お父様」

思わず潤んでしまう目でお父様を見つめると、首を傾げて見つめ返される。

「わ、わたくし……」

「どうしたんだい？　可愛いウィレミナ」

お父様はしゃがんで目線を合わせると、優しく微笑んでくれる。そんなお父様に、わたくしはつい抱きついてしまった。

どれだけ努力をしてもナイジェルに勝てないわたくしに、お父様は失望していないかしら。ナイジェルの方がガザード公爵家を任せるのにふさわしいと、そう思ってらっしゃるのでは？　ナイジェルの方が優れているのなら、ナイジェルに家を任せるべきなのだとわかってはいるの。それが、ひいてはガザード公爵家のためとなるのだから。そう理解はしていても……すぐに割り切れるかどうかは別だ。

わたくしの努力には価値なんてないと、そんな気さえしてしまう。

「……ナイジェルよりも出来ない子だけれど、いらない子じゃない？」

瞳に涙がせり上がって、本音と一緒にぼろぼろと頰を落ちていく。

「ウィレミナ、君は私の自慢の娘だよ。それに出来ない子なんかじゃない。ウィレミナはいつでもたゆまぬ努力をしているじゃないか。それは誰にでもできることではないよ」

大きな手が優しく背中を撫でてくれる。その温かさに押し出されるようにして、涙が次々に零れてしまった。

「それに急にできた義弟にもいつだって優しい、とてもいい子じゃないか」

お父様の言葉に、わたくしは首を傾げた。少し体を離してお父様の顔を見ると、その表情は『娘が可愛くて仕方がない』というように笑み崩れている。

……お父様の愛情は、まだじゅうぶんにあるみたいね。

そのことに、ほっと胸を撫で下ろす。

「わたくし、あの子にいつも厳しいわ。意地悪な義姉なの」

拗ねたように言いながらまた抱きつくと、お父様の上着の布地に涙が染みる。

それが申し訳ないと思いながらも、わたくしは幼子のように泣くのを止められなかった。

「意地悪？　愛ある指摘にしか見えないけどなぁ……」

お父様がぽつりとなにかをつぶやいたけれど。それは自分の泣き声に紛れて、わたくしの耳に届くことはなかった。

お父様にすがってさんざん泣いたあとに、日課になっている自習をしに図書室へ向かうと……そこでナイジェルと鉢合わせしてしまった。

この子は自習なんてしなくてもいいくらい出来る子なのに、さらに研鑽を積もうとする。悔しいけれど、わたくしが勝てなくて当然なのよね。努力をきちんとする天才なんて本当にたちが悪いわ。

そんなことを考えながらナイジェルから離れた長椅子に腰を下ろすと、ナイジェルが音も立てずにこちらに近づいてきた。

「ウィレミナ姉様」

「なによ」

ジロリと強く睨んでも、いつもの通りならば義弟の表情に変化は生まれない。

その――はずだった。

ナイジェルの眉間に小さく、不快だと言わんばかりの皺が寄る。めずらしく怒ったのかしらと内心どきどきしていると、ナイジェルの強い視線がこちらを射貫いた。目を逸らそうとしても逸らせない。視線でその場に縫い止められたような錯覚まで起きてしまう。

「ナ、ナイジェル？」

焦りで声が上ずる。そんなわたくしに……彼はふっと柔らかな笑みを向けた。

笑った。いつも、無表情な義弟が。

ふわりとそこにだけ光が差したかのような美しい笑みに、わたくしは魅入られた。ナイジェルはふだんから美しいけれど、笑うと美貌がさらに際立つのね。

彼は人間ではなく……天使かなにかなんだろうか。そんなバカなことさえ考えてしまうほどの美しさだ。

「姉様、泣いたのですか。頬に涙の跡が残っています。誰かにいじめられましたか？　その誰かを……こっそり僕に教えることはできますか？」

氷のような、けれど奥に熱を孕んだ声が美しい唇から紡がれる。

ナイジェルに見惚れていたわたくしは、それを上手く聞き取れず首を傾げた。

「なに……？」

「どうして、泣いていたのです？」

そんなわたくしの様子を見て、ナイジェルは少し大きな声で重ねて質問をする。同時に小さな手が伸びて、わたくしの目の端に指が遠慮がちに触れた。

「目の周りが……赤くなって少し腫れています」

ナイジェルはそう言うと、わたくしの目元を指先で優しく撫でた。慰めている、つもりなのかしら。

「お、お父様に少し甘えてしまっただけよ。わたくしにだって泣きたい時があるの」

「お父様に……いじめられたわけではないのですね？」

「わたくしのことを大好きなお父様が、そんなことをするわけないでしょう！」

調子が戻ってきたわたくしは、強い口調で言ってナイジェルを睨みつけた。するとようやく頰から手が離れていく。そして義弟はわたくしの隣に腰を下ろした。

「何事もないのでしたら、安心しました」

「……どうして、隣に座るのよ」

「今日も一緒にお勉強がしたいなと。それと、ウィレミナ姉様」

ナイジェルはわたくしを見つめながら、口元にまた笑みを纏う。そして……。

「僕にも甘えて、いいんですよ」

そんな、訳のわからないことを言った。

「どうして、お前に甘えなきゃいけないのよ」

冷たく言って、手元の本へと目を向ける。今日の自習は隣国の歴史についてだ。この国と密接な関わりがある隣国のことは、学んでいて損はない。ナイジェルはとっくに読んでしまっているであろうこの本を、彼の前で開くのは少し気恥ずかしいけれど。

わたくしには、わたくしなりの進み方しかできないのだ。

だから開き直って、堂々と開くことにする。

「ウィレミナ姉様が甘えてくれると、嬉しいからです」

ナイジェルはそう答えながら自分の手元の本を開く。わたくしは怪訝な顔をしながら、彼の綺麗な横顔に視線を向けた。わたくしが甘えると嬉しい？　本当によくわからないことを言う子。

意地悪な義姉に甘えられても、いいことなんてないでしょうに。

それに日々いろいろな事柄で負けてばかりなのに、これ以上弱みを見せるのは絶対に嫌。

「ナイジェルなんかに、甘えないわ」

きっぱりと言い切ってみせると、ナイジェルは眉尻を下げて悲しそうな顔をした。なによ、わたくしが悪いみたいじゃない！

「……なぜですか？」

「教えるつもりはないわ。わたくしこの本を読みたいから、会話はお終いよ」

これ以上弱みを見せたくないから、なんて恥ずかしくてとても言えない。だから無理やり会話を打ち切って、本と向かい合ったのだけれど……。

「姉様……」

ナイジェルが見捨てられた子犬のような瞳でわたくしをじっと見つめるから、集中できないにもほどがある。

わたくしを呼ぶ声まで悲しみの色を帯びているようで……本当に勘弁して欲しいのだけど。胸のあたりが、なんだかズキズキ痛い気がするわ。これは罪悪感というやつかしら。

「……今度のお茶会に来るんですって？　お父様に聞いたわ」

気まずい気持ちになったわたくしは、会話を打ち切る代わりに別の話題を提供した。するとナイジェルは一瞬目を丸くした後に、こくこくと何度も頷いた。

「はい、お父様が参加してもいいと」

「そう。我が家の恥にならないように振る舞いなさい」

「そのことで、相談があるのですが」

「相談？」

ナイジェルのマナーはもう完璧だ。嫌というほど見せつけられたわ。それなのに、相談することなんてあるのかしら。

「お茶会にいらっしゃる方々の、お名前と顔が一致するようにしたいのです。姉様にわかる範囲で、特徴を聞かせてもらえたら嬉しいなと」

はじめてお茶会に参加するんだから、そんなこと気にしなくてもいいだろうに。本当に義弟は真面目だ。

だけど悪いことではないわね。ナイジェルがなにかしくじれば、ガザード公爵家の家名に傷がつく。それを防ぐための予習は大事ね。

「……いいわ。お茶会に参加する方々の特徴を教えればいいのね？　参加者のリストを部屋から取ってこないと」

「ここにあります、姉様」

ナイジェルはそう言うと、懐から招待状と一緒に送られてくる参加者リストを取り出した。

なんとも準備がいいことだ。

ナイジェルから受け取ったそれに目を通す。今回のお茶会の主催はレアード侯爵夫人で、十歳から十五歳までの令嬢令息たちの交流の場として催されるものだ。我がガザード公爵家は、招待客の中で一番家格が高い。だからある程度の失敗はお目溢しされるだろう。それを加味した上でも、気をつけた方がいい人物のことから教えていこう。

……参加者が多いから、少し情報を整理したいわね。

「ナイジェル、少しお待ちなさい」

わたくしは義弟に声をかけると、リストを眺めながら頭の中で情報の整理をはじめた。

「わかりました、姉様」

……そして真剣な顔で紙片に目を通すわたくしをナイジェルが嬉しそうに見つめていることには、まったく気づいていなかったのだ。

「ふっ……ふふふっ。ウ、ウィレミナ姉様っ。くふっ」

「……ナイジェル、なにを笑っているのかしら？」

「だって、姉様。そ、それでは……！　ふふっ。お口が大きすぎますっ」

「失礼な子ね！　笑わないで！」

「ご、ごめんな……ふはっ！　目も、そんなふうに描くとお顔から飛び出してしまいます」

「う、うるさいわね！　もう、見ないで！」

……ナイジェルがまた笑っている。しかも今度は、声を上げてだ。

先ほど微笑んだだけでも大事件だったのに、笑い声を上げているナイジェルを見ることになるなんて……今日は変わったことが立て続けにあるものだわ。

義弟が笑うこと自体には問題はないの。子どものうちは時には感情を表に出すことも大事なことだもの。貴族なんて大人になれば、ずっと感情を隠すような環境に置かれることもあるのだし。

だけど、今回の場合……。『ナイジェルが笑う原因』が問題なのだ。

「……わたくしの絵って、そんなに下手かしら」

わたくしは机の上に広げた紙束を眺めながら、深いため息をついた。

貴族の令嬢令息たちの容姿をナイジェルに伝えるために、わたくしが取った方法……。

それは、絵を描くことだった。

一番伝わりやすいと思ったのよ。狐目で赤毛のリーレン様とサニャ様の区別を文章で説明しても混同すると思ったから、じゃあ絵で描くのが一番いいわねって。そう思いついたのがはじまりだったの。

それで意気揚々と容姿の解説をしながら、参加者たちのお顔を描いていったのだけれど……。笑いを我慢していたらしいナイジェルが、急に笑いはじめたのだ。

――ショックだったわ。

だってわたくし、絵が下手なんて自覚がなかったんだもの。

紙の上にはミミズがのたくったような線で、令嬢令息らしき方々が描かれている。改めて見ると、たしかに伝わりづらいかも。これではナイジェルに笑われても仕方ないわ。

本当に嫌になるわね。わたくしの優れていない部分が、また明らかになってしまった。

わたくしは大きく息を吐くと、似顔絵を描いた紙を乱暴に丸めて捨てようとした。だけどその動きは、ナイジェルの綺麗な手によってそっと優しく止められる。

「……なによ」

じとりと睨みつけると、笑いすぎて頬を薔薇色に染めたナイジェルが困ったように眉尻を下げた。

「……姉様の絵が、欲しいです」

「なんですって？　あれだけ笑っておいて、なにを言っているの？　参加者の情報は文章にまとめて後で渡すから、それでじゅうぶんでしょう。それに、もうこんなにぐちゃぐちゃに丸めてしまったし」

「嫌です、せっかく姉様が描いてくださったのですから。その絵が欲しいです！」

ナイジェルがめずらしく強情だ。ふだんはなにかをねだるなんてこと、一切しないのに。もしかして……この絵をお茶会で見せびらかして、わたくしの評判を貶めるつもりなのかしら。そ、そんなことさせないわよ！

「絶対に絶対に、これはあげないから！」

「姉様、ください」

「嫌よ！」

ぎゅうっと絵を抱きしめて、渡さないぞという意志を強く見せる。だけどナイジェルは諦めず、抱きしめた絵に手を伸ばした。

「あ……」

ナイジェルがバランスを崩してぐらりとよろける。わたくしは咄嗟に手を伸ばして、その体を受け止めようとした。

視界いっぱいにナイジェルの美貌が広がる。彼は大きな瞳を瞠ったまさに驚愕という表情をして、こちらに倒れ込んできた。間抜けな顔をしていても義弟の美しさは衰えないのね。

そんなバカなことを、悠長に考えていると……。

――あ、ぶつかる。

そう思った時には、すでに遅かった。

「ふぎゃっ！」

「いたっ！」

小さな子どもの体とはいえ、じゅうぶんな重さ、そして倒れ込む勢いがある。わたくしとナイジェルは頭をぶつけ合い、そのまま長椅子に倒れ込んだ。

目の前に星が散ったような気がする。この義弟、石頭ね！

「い、痛い……」

涙目で身を起こそうとした時、体が上手く動かないことに気づいた。狭い長椅子の上で、ナイジェルに押し倒されたような状態になっていたのだ。

ふわりと彼の香りが漂い、少し長めの銀色の髪がこちらの頬をくすぐる。ナイジェルは大きく目を見開いたままわたくしを見つめていて、それが少し恐ろしい。

ここまで至近距離でナイジェルの顔を眺めたことはなかったけれど、本当に女神のような神々しさね。なにも塗っていないのに、どうしてお肌がこんなに白いのかしら。毛穴もまったく見えないし。まつ毛も信じられないくらいに長い。何本マッチが載るのかしら。目も濁りの無い空の色ね。まるでお人形の瞳みたいだわ。

そんなことを考えながら絶世の美貌を観察してしまう。観察されている側のナイジェルはというと、なぜなのだろう……ぴくりとも動かなくなってしまった。

「ナイジェル、どうしたの？」

「………………」

声をかけてみても義弟は固まったまま身動き一つしない。ぐいぐいとその胸を押しても、細身に見えるナイジェルなのにびくともしなかった。困ったわね、これじゃ動けないじゃない。

「ナイジェル？　どこかぶつけた？」

打ちどころが悪かったのかと心配になって手を伸ばし、綺麗な額を撫でてみる。うん、たんこぶはできていないみたい。むしろわたくしの額のほうが心配。だってズキズキと鈍い痛みを感じるんですもの。

しばらくそうやって額を撫でてあげていると……義弟の顔が一気に赤く茹で上がった。

「ッ！　申し訳ありません！」

ナイジェルは我に返ったらしく、慌ててわたくしの上から飛び退いた。よかった、あのままでは体が痺れてしまいそうだったから。わたくしは身を起こすと、自分の額を擦る。うん、やっぱりちょっと痛いわね。

義弟は真っ赤になったまま、なぜかもじもじとしており……その様子は少しだけ不気味だ。

「お前、どこか妙なところをぶつけたんじゃない？　そうなら医者を呼ぶけど」

「へ、平気です。お医者様は必要ありません！」

ぶんぶんと激しい勢いで頭を振ってから、ナイジェルは上ずった声でそう返す。異常がないのなら、まぁよいのだけれど。

「ち、近くで見た姉様があまりに綺麗で、その……びっくりしただけです」

その言葉にわたくしは目を丸くした。

……わたくしが、綺麗？　やっぱり強く頭を打ってるじゃない！

「……変なところをぶつけたのね。綺麗なのは、お前の方じゃないの」

「――ッ！」

ナイジェルは赤い顔を、さらに真っ赤に染め上げる。そして「姉様が、僕を褒めてくださった」と、よくわからないことをぶつぶつと呟きはじめた。

……褒めてないわよ、事実を言っただけで。

「ナイジェル、やっぱりお医者様を呼ぶわ。だから部屋に戻りなさい」

「姉様、僕は平気です」

「心配だから、早く」

「姉様が僕の心配を……！」

わたくしが『綺麗』だなんて、きっと幻覚が見えているに違いないもの。これは確実に重傷よ。わたくしだって人でなしではないのだから、心配くらいするわ。

重ねて何度も説得すると、ナイジェルは渋々という様子で部屋へと戻って行った。

……あの『絵』が無いことに気づいたのは、それからしばらくしてからのことだった。

翌日。義弟の部屋で立派な額に入れられたそれを発見するなんて……わたくしは思ってもいなかったのだ。

本日はナイジェルと一緒に参加するお茶会の日だ。

訪れたレアード侯爵家の庭園にはたくさんのテーブルが置かれ、すでに到着していた令嬢令息たちが思い思いに会話をしている。

子どもばかりのお茶会とはいえ、よい『繋がり』を期待する親は多い。そんな重荷を背負っていることをおくびにも出さずに、皆は笑顔で軽やかに会話をするのだ。

主催のレアード侯爵夫人にご挨拶をしてから、わたくしとナイジェルは目立たないテーブルに着いた。そして挨拶に来る令嬢令息たちに、笑顔で挨拶を返す。不本意ながら……先日の『絵』のおかげか、ナイジェルの受け答えに隙はない。その様子を見て、わたくしは内心胸を撫で下ろした。

ガザード公爵家の不義の子のお目見えに、皆は興味津々だ。数々の視線があからさまな好奇心を隠せないままに、ナイジェルへと向けられていた。お茶会の前から『お友達』にも、さんざん探りを入れられたものね。

「その方がお噂の弟君ですか。とても素敵な方ですね」

サンディ侯爵家の令嬢がそう言うと、ナイジェルを無遠慮に眺め回す。ふだんからお行儀がいいご令嬢ではないけれど、本当に不躾ね。

「そう。少し不器用だけれど、可愛らしい子なのよ」

わたくしはそう返すと、おっとりと見えるように微笑んでみせた。

ナイジェルへの悪感情は、一切表に出すつもりはない。ガザード公爵家が軽んじられる隙を作るわけにはいかないのだ。

……本当に、面倒。

お父様が不義の子なんかを家に入れるから。

その面倒の元であるナイジェルは、なんだか機嫌がよさそうだけれど。

生活を共にしていない者からすれば、ただの無表情にしか見えないのだろう。この義弟の感情の機微にも、聡くなってしまったわ。お茶会に参加するのがそんなに嬉しいのかしらね。

正装をしたナイジェルは、美少年ぶりにさらに磨きがかかっている。そんな彼には、悪感情以外の感情を孕んだ視線も多く向けられていた。これだけの見た目で、不義の子とはいえガザード公爵家の子どもなのだ。あわよくば縁を結びたいと考える令嬢も当然いるだろう。

「ウィレミナ姉様、とてもお綺麗ですね」

ナイジェルが、そんな白々しいことを言ってくる。嫌ね、明らかな嫌味を言うなんて。

わたくしも赤のドレスを着て着飾っているものの、ナイジェルのように何段も女っぷりが上がるようなことはない。元が凡庸だとどれだけ着飾っても、代わり映えなんてしないものなのだ。

「見え透いたお世辞はいいの」

「いえ、本当にお綺麗だと」

苛立ちを隠さずに言ってみせると、ナイジェルの眉尻がわずかに下がる。嫌味ばかりの義姉に媚を売っても仕方ないでしょうに。

「そういうことは、好きなご令嬢ができたら言ってあげればいいのよ。お前の見た目ならきっと喜ぶわ」

「……ちゃんと好きな方に言っております」

ナイジェルの言葉に、わたくしは目を丸くする。この子、いつの間に好きなご令嬢ができたのかしら。

我が家に来る令嬢たちとは、素っ気ない会話しかしていないと思っていたのだけれど……わたくしが知らないうちに親交を深めていたのね。なかなか、貴族らしいそつがないことをする。

「そう。その好きな方をいつか紹介してね」

ガザード公爵家と繋がりを持つのにふさわしい人間か、見極めないとならないもの。

「いえ、その……」

わたくしの言葉を聞いたナイジェルは、なぜかがくりと肩を落とした。だめね、公の場でそんな情けない顔をしたら。

「いいこととナイジェル。あることないこと言う輩は多いと思うけれど、堂々としていなさい。弱みを見せたら、そこから食い荒らされてしまうわ」

扇子で口元を隠しながら、ナイジェルに忠告する。すると彼は神妙な面持ちで何度も頷いた。

「わかりました姉様。ガザード公爵家の名に傷をつけないよう、堂々と致します」

ナイジェルはそう言うと、表情を凛々しく引き締めた。

赤のドレスに身を包み淡い化粧をしたウィレミナ姉様は、妖精のように可憐で愛らしい。僕はさりげないふうを装いながら何度も視線を送り、そのお姿を目に焼きつけた。着飾った姉様を遠慮なく眺めるために退屈だろうお茶会に参加をしたのだから、しっかりと見ないと損だ。

お茶会に参加をしたのには、もう一つ理由がある。

……姉様に悪い虫がついていないかの、確認もしておきたかったのだ。

会場にはたくさんの羽虫が居るけれど、姉様は歯牙にもかけていない。その様子を見て僕は安堵した。歯牙にも、というよりもただ鈍いだけかもしれないけれど。そんなところも愛らしいと思う。

「ナイジェル様は、本当に麗しい方なのね」

「光栄です、レディ」

なんたらとかいう令嬢が、頬を染めながら声をかけてくる。僕はそれを適当に流した。

お茶会には着飾ったご令嬢が大勢来ているけれど、僕の目にはただ一人しか映らない。

姉様でないのなら、男も女も等しく僕にはどうでもいい存在なのだ。

ちらりと姉様にまた視線を送る。そして僕は、胸の奥の気持ちを含んだ息をついた。

今日の姉様は、本当に愛らしいな……。

いや、姉様はいつだってお可愛らしいのだけれど。

ウィレミナ姉様は派手なお顔立ちではないけれど、清楚な美しさを持っている。夜の闇のような黒髪は豊かで、少しつり上がった黒い瞳は愛らしい猫の目のようだ。肌は白く、その頬は感情が高ぶるとわずかに薔薇色に染まる。それは白い画布に淡い朱を落としたようで、とても綺麗なのだ。

姉様の手足は華奢で、腰も折れそうに細い。細すぎることを『ドレスを着た時に見映えしない』と本人は気にしていらっしゃるけれど、まだ僕らは十歳だ。成長の余地はいくらだってある。そしてどんな成長をしたって、姉様は愛らしいだろう。

姉様は見た目だけではなく、中身もお美しい。

ウィレミナ姉様は誇り高く、そして優しい人なのだ。

急に公爵家にやってきた正体不明の『義弟』に思うところもあるだろうに、姉様は僕に日々ご指導をしてくださる。

姉様がご指導くださるのは僕に足りないことばかりで、理不尽だと思う内容でのお叱りを受けたことは一度たりともない。そして、僕がどれだけ至らなくても決して見捨てたりしないのだ。なんて辛抱強く……愛情に満ちた方なのだろう。

そんな懐が深い姉様のご指導に応えようと、僕は日々研鑽を重ねた。

……まだあまり褒めてはくださらないけれど、いつか『素敵な貴公子になったわね』と姉様に言って頂きたい。

僕はそのためだけに、努力しているのだ。

姉様のことが……僕は大好きだ。

ウィレミナ姉様は口調が強く、それが誤解を招きやすい。姉様の『友人』が姉様に隠れて『性格の悪い女だ』なんて陰口を言っているのを、僕は腐るほど聞いた。

……そんなお前らの方が、数万倍も醜いじゃないか。そのくせ姉様を貶めるなんて、その喉笛を嚙み切ってやりたい。

僕は姉様が大好きだけれど、姉様の友人たちは大嫌いだ。上辺ばかり綺麗にして、内側はドロドロに腐りきっていて……本当に下衆ばかりである。

このお茶会に参加しているのも、ほとんどがそんな下衆だ。

「ナイジェル。アバディ伯爵家のリオナ様よ」

話しかけてきた令嬢の名前がわからず視線を送ると、姉様が小声で耳元に囁いてくれた。

吐息がふわりと耳にかかって、少しだけくすぐったい。

……大好きな、僕の姉様。

姉様は僕のことを、公爵の『不義の子』だと思っている。

面倒がないように僕と公爵が周囲に意図的に勘違いをさせていることを、姉様は知らない。

僕たちの間には直接的な血の繋がりもなく、僕が貴女のことを好きと知ったら……姉様は一体どんなお顔をするのだろうか。

「ウィレミナ嬢」

声をかけられそちらを見ると、メイエ侯爵家のテランス様が軽く手を振りながら立っていた。彼は同い年の金髪碧眼の美男子で……わたくしの婚約者候補筆頭である。

筆頭、というだけでまだ確定ではないのだけれど。国の要である三大公爵家の婚姻は、慎重に時間をかけて進められる。情勢が変化すれば、また別の婚約者候補が筆頭に上がってくるでしょうね。

ナイジェルを後継者に、なんて話が出る可能性も当然あるわね。不義の子だとは言っても、ナイジェルは非常に優秀な子だから。

その場合、わたくしは他家に嫁ぐのだろう。

……ナイジェルの存在によって、自分の将来設計が変わることに不満はないわ。

わたくしもテランス様も、そしてナイジェルも。この国のための駒に過ぎないのだ。そこに自身の感情が介在する隙なんてものはない。少なくともわたくしはそう思っている。

とにかく。『今はまだ』将来的に繋がる可能性がある、メイエ侯爵家のご令息だ。きちんとした対応を心がけないとならないわね。

「お久しぶりです、テランス様」

にこりと微笑んで淑女の礼をすると、テランス様も笑みを返す。そしてわたくしの手を取ると、そっと甲に口づけた。

さすがと言うべきかしら。いつ接しても洗練された所作ね。

テランス様は女性に非常におモテになる。人当たりがいい美男子で会話も軽妙、そして侯爵家のご令息なのだ。わたくしとの婚約も確定ではないし、モテない方がおかしいわね。

ここに来るまでにもあちこちで女性たちに捕まっていたらしく、いろいろな香水の匂いが入り混じりながら彼から漂っていた。

彼の責任ではないのだけれど……鼻が曲がりそう。

わたくしが小さく眉間に皺を寄せると、テランス様はそのわずかな表情の変化にもすぐに気づき少し困ったように笑った。

「ごめんね。愛しい君のところに来る前に、可愛らしい蝶たちに捕まってしまって」

そう囁かれ、また手の甲に口づけをされる。そして眉尻を下げて、はにかんだ笑みを向けられた。その表情は子犬のように愛らしい。他の令嬢たちが、彼にコロリといくのもわかるわ。

だけど正直に言うと、テランス様はわたくしの好みではない。

わたくしはいかにも貴公子という方よりも、洗練された騎士のような……自身を厳しく律している方を好ましいと思ってしまうのだ。そういう方と結ばれる可能性が低いのは、ちゃんとわかっているわよ。

今の王宮近衛騎士団の団長様なんて素敵よね。御年、四十歳だけれど。妻に先立たれて現在独身の彼と、お茶をしたりダンスをしたりという妄想を時々してしまうのは内緒だ。妄想くらいは自由よね。

「テランス様は大輪の花ですもの。それは仕方がないことですわ」

わたくしはそう言って笑うと、握られた手をそっと引き抜いた。その手はすぐに別の手に握られ……手の甲を何度も布で擦られる。そんなに擦られると痛いのだけど！　なにをするの！

「ナイジェル、痛いわ」

下品にならないよう、小声で抗議をする。

するとと犯人であるナイジェルは、いつもの無表情でわたくしを見つめた。申し訳ないという顔くらいすればいいのに！

「ごめんなさい、姉様。汚れがついていたので」

ナイジェルはさらりと言うと、擦られすぎて赤くなったわたくしの手の甲を優しく撫でる。汚れ？　さっき食べたケーキのクリームでもついていたのかしら。

「姉様、その方を紹介してくださいませんか？」

少し甘えるような口調で言われて、わたくしは苦笑した。テランス様は『覚えるべき』方だと事前に教えていたのに。この子にもうっかりがあるのね。

「そうか、君が噂の……」

テランス様は小さく呟く。

ナイジェルはそんな彼に、いつになく鋭い視線を向けた。

「テランス・メイエだ。君のお姉様の婚約者だよ」

紹介する前に、テランス様がそんなことを言う。その言葉を聞いて、眉間に皺が寄ってしまう。

わたくしたちは、まだ『婚約者候補』でしょう？　いつの間に『婚約者』になったのかしら。

近いテーブルの女性たちが、あからさまにこちらを見ながらひそひそと内緒話をはじめる。耳をそばだてれば「いいわよね。あんなに地味な見目でも、公爵家の肩書があればテランス様と親しくできるのだから」や、「不義の子がいるお家のくせに」などという声が聞こえてくる。

　貴女たち子爵家と伯爵家のご令嬢よね？　三大公爵家であるガザード公爵家の娘にケンカを売るには、格が足りていないのではないかしら。お茶会はそういうことも含めて、きちんとお勉強をする場なのよ？

　軽く睨みつけると、二人の内緒話はぴたりと止まった。心なしか顔が青褪め、大量の汗もかいている。……嫌ね、怖がるくらいなら最初からしなければいいのに。こういう方々って本当に多いの。

「……婚約者？　お父様からも姉様からも、そんなお話は聞いておりませんが」

　ナイジェルが眉間に深い皺を寄せながら、テランス様に嚙みつくように言う。この子ったら、一体どうしたのかしら。ナイジェルの手を、抗議の意味を込めてぎゅっと握る。するとナイジェルは乙女のように頰を染めてから、わたくしにちらりと視線を向けた。

「ナイジェル、この方はわたくしの婚約者候補ですのよ。ね、テランス様」

「今はそうだね。だけど私はいつだって、君の婚約者になりたいと思っているよ」

　テランス様は金色のまつ毛が縁取る瞳を伏せて、憂いに満ちた表情を作る。

　……わたくしの婚約者になりたい気持ちはわかるわよ。国で大きな権力を握り、王家の縁戚であるガザード公爵家と縁続きになりたいのは当然ですもの。

「それは嬉しいお言葉ですわ。ですが現状は正確に言いませんと、いらぬ誤解を招きます」

いつもはちゃんとわきまえているお方なのに。今日は本当にどうしたのかしら。

メイエ侯爵家とガザード公爵家の婚約話が本決まりになった……なんて噂になったら、その訂正にどれだけの時間が取られることか。

「ウィレミナ嬢。可愛い君を困らせるつもりはなかったんだ」

「迂闊な発言はしないでください。大変迷惑です」

テランス様の謝罪に、ナイジェルの言葉が被せられる。わたくしは、扇子でナイジェルの腕をぱしりと軽く叩いた。

「ナイジェル、失礼なことを言うんじゃないの。テランス様、本当にごめんなさい」

「いや、大丈夫だよ。弟君は……お姉様のことがとてもお好きなんだね」

唇に甘い笑みを乗せながら、テランス様はナイジェルに視線をやった。ナイジェルはその笑みを受け止めつつも、いつもの通りの無表情である。

わたくしがナイジェルに好かれている？　ナイジェルをいじめてばかりの嫌な姉なのに、あり得ないわ。

いや……テランス様はこちらの内情なんて知らないから、妙な勘違いをしても仕方ないわね。そう考え、小さく息を吐いたのだけれど……。

「……はい。僕は姉様を、心の底から愛しています」

「なっ！」

真剣な表情で紡がれたナイジェルの言葉に、わたくしは絶句した。

なんて特大の嫌味なの。これはもしかしなくても、ふだんの仕返しというやつかしら。報復される覚えはあるから、自業自得と言われてしまえばそうなのだけれど！　わたくしの『あの絵』を堂々と部屋に飾っていたし、この子ったら意地が悪いわ！

「ナイジェル！　変なことは言わないの」

ぱしりぱしりと、扇子で数度細い腕を叩く。もちろん手加減はしているわよ！

するとナイジェルはじっとこちらを見つめた後に、「変なことでは、ありません」と明らかに拗ねた口調で言った。

「……ナイジェル？　なにを拗ねているの？」

「姉弟仲がいいことを公の場で主張することは……大事だと思います」

「……まぁ、それはたしかにそうね」

不仲なところを見せれば、そこにつけ込もうとする輩も出るかもしれない。この件に関しては、悔しいけれどナイジェルの言うことが正しいわ。ガザード公爵家は綺麗な一枚岩で、つけ入る隙なんてないと……そう見せなければ。

「君たちは、本当に仲がいいんだね」

テランス様はわたくしたちに向けて柔和で美しい笑みを浮かべた。しかしその瞳の奥は、なぜか笑っていないように見える。なんなの、背筋がぞくぞくしてきたわ。

テランス様が、ナイジェルの手を握っていない方のわたくしの手をそっと握る。反射的にナイジェルの手を放そうとすると、その手はナイジェルの手によって引き止められてしまった。……両手が使えなくて、とても不便なのだけど。

「ウィレミナ嬢。私も君ともっと仲良くしたいな。今度歌劇に一緒に行こうよ」

「歌劇ですか？」

「そう、王都で評判の――」

「テランス様。お友達がお待ちのようですよ？」

……テランス様の言葉を、ナイジェルがバッサリと断ち切った。

ナイジェルが指す方へ目を向けたテランス様は、こっそりと……だけど大きく息を吐く。

そこには彼の家と繋がりが深い、ステクリー侯爵家のご令息アダルベルト様が居た。三大公爵家である我が家ほどの権威はないけれど、テランス様が無下にはできない家の方ね。

「ウィレミナ嬢、お久しぶりです」

アダルベルト様はこちらへ近づいてくると、ふわりと妖艶に微笑んだ。彼もテランス様と同じく美形である。わたくしと同じ黒髪黒目なのに、どうしてここまで見目に差が出るのかしらね。

「申し訳ないのですが、テランスをお借りしても？」

アダルベルト様はそう言うと、テランス様の腕に親しげに触れた。

ここは殿方の友情に譲るべきよね。わたくし、テランス様の婚約者ですらないのだし。

「ええ、問題ございませんわ」

にっこり笑ってそう言うと、テランス様はなぜか呆然とした表情になった。

アダルベルト様は、テランス様の腕を掴むと引っ張っていく。

「ウィレミナ嬢、その！　お誘いの手紙を書きますから！」

アダルベルト様に引きずられながらそう言うテランス様のお顔は……なぜか必死に見えた。余裕がないご様子は、なんだか彼らしくないわね。

テランス様を見送ってから、紅茶を飲みつつ一息つく。挨拶に来る『お友達』も徐々に少なくなり、『もう一杯紅茶をお願いしようかしら』なんて考えながらのんびりと過ごしていると……。

「ウィレミナ姉様、その」

なぜか真剣な表情のナイジェルに、話しかけられた。

「なに、ナイジェル」

「ウィレミナ姉様は、ああいう男がお好みなのですか？」

ナイジェルの質問の意味が理解できず、わたくしは首を傾げた。

ナイジェルがわたくしから視線を逸らす。その視線を追うと、その先にはアダルベルト様とお話をしているテランス様の姿があった。アダルベルト様の妹君の、マルタ嬢もいらっしゃるわね。彼女は線の細い美少女で、楽しそうによく笑う方だ。令嬢としては品がない行為だけれど……品にこだわって愛想笑いしかしないわたくしよりも、ああいう屈託のない女性の方が殿方には好まれるのだろう。

アダルベルト様は、マルタ嬢とテランス様を婚姻させたいのかもしれないわね。整った見た目の二人は、とてもお似合いだ。

「ウィレミナ姉様、答えてください。ああいう男がお好みなのですか？」

なぜか悲壮な表情で、ナイジェルがまた訊ねてくる。

『ああいう男』って、テランス様のことかしら。

「……テランス様は素敵だけれど、好みとは少し違うわね」

周囲に人がいないこともあり、ついそんな本音が零れてしまう。するとナイジェルは、その大きな瞳をまん丸にした。

「では、どのような男性がお好みなのです？」

やけに食いつきがいいわね。なんなの？　義姉の好みがそんなに気になるのかしら。まぁ、教えてあげても別にいいのだけれど。

「王宮近衛騎士団の団長の、マッケンジー卿のような方が好みね」

わたくしは胸を張って堂々と答えた。するとナイジェルの大きな瞳が限界まで瞠られる。

「マッケンジー卿ですか？　あの、筋肉質で熊のように大きな体軀をお持ちだという噂の？」

ナイジェルは震える声で言うと、眉間に深い谷底のような皺を刻んだ。なによ、その不服そうな態度は！　マッケンジー卿はとても素敵な方よ。前に王宮で会った時には『とても愛らしいですね』なんて言いながら、大きな手で頭を撫でてくださったんだから！　子ども扱いされているのは……わかっているわよ。それでも嬉しかったの。

「あの大きなお体、とても素敵よね。男らしさの象徴ですもの」

「マッケンジー卿は、御年四十歳だったと思いますが」

「ええ、四十歳ね。お年は少し上だけれど、それも彼の魅力よね」

年齢が作った目元の小さな皺が、少し可愛らしいのよね。三十も年上の男性に可愛いなんて言うのは、少し失礼かもしれないけれど。

……いつか彼がお姫様抱っこをしてくれないかしら、なんて。時々してしまう妄想が脳裏をよぎる。あの鍛錬の成果が詰まった逞しい腕で抱き上げられたら、どんなに素敵なことだろう。そして精悍なお顔で、優しく微笑んでもらうの。ああ、想像だけでときめくわ！

思わずにんまりとして頰を染めていると、微妙な表情をしたナイジェルからの視線が刺さる。わたくしは慌てて表情を引き締めた。

「と、とにかく。わたくしをしっかりと守ってくださる、素敵な騎士様のような殿方がいいの！」

「なるほど。頼りになる筋肉質で年上の男性がお好みなのですね。……これは困ったな」

ナイジェルは小声でぶつぶつとなにかを呟いてから、大きく深いため息をついた。

……本当に変な子ね。

お茶会から帰った後。ナイジェルは急に剣術の教師をつけて欲しいとお父様にねだった。

彼のおねだりなんてめずらしいものに目を丸くしつつも、お父様はそれを快諾していたわね。

……だけどどうして、剣術なのかしら。

賢い子だし、武官よりも文官に向いていると思う。

しかしこのナイジェルの選択は、わたくしに意外な幸運をもたらしたのだ。

ナイジェルの剣術の教師として、我が家にやって来たのはなんと……。

わたくしの憧れの方、マッケンジー卿だったのよ！

ナイジェルがお父様に『絶対に強くなりたいので、最高の教師を』とお願いした結果らしいの。なんてことなの、こんな素敵な出来事が起きるなんて！

マッケンジー卿が、ご自身の公務を減らして若い世代の育成に力を入れようとしているタイミングだったこと。教師の依頼をした我が家が、王国三大公爵家だったこと。マッケンジー卿自身が、なぜかこの仕事に乗り気だったこと。そんないくつかの要素が重なって決まった人選だったようだけれど……わたくし本当に運がいいわね！

ナイジェルはなぜか渋い顔をしていたから、マッケンジー卿の功績をわたくし何時間もかけて一生懸命説明したわ。子どもの教師にするのは本当にもったいないお方なんだから！

「マッケンジー卿！　お久しぶりですわ！」

「ウィレミナ嬢。お久しぶりです」

屋敷にいらしたマッケンジー卿を出迎えると、彼は白い歯を見せて笑みを零した。ああ、いつ見ても素敵なお方！

厳しい鍛錬の日々を思わせる、赤銅色に焼けた肌。精悍で整ったお顔に浮かぶ愛らしい小皺。濃い色をした赤の髪はきっちりと後ろに撫でつけられ、海のように深い青の双眸は鋭い輝きを放っている。張り詰めた筋肉が見て取れる体軀は、まるで小山のようだわ。

……わたくしの理想の騎士様が、威風堂々とそこに立っている。

その感動で、小さな胸は大きな鼓動を刻んだ。

「ウィレミナ嬢は、また美しくなられましたね」

マッケンジー卿はそう言うと騎士の礼を取った。そしてわたくしの手を取り、そっと甲に口づけをする。憧れの人に淑女として扱われた感激に、頬は熱くなり口元は緩んでしまう。

「まぁ！　マッケンジー卿ったら。そんなことを言われると、照れてしまいます」

「本当のことを言っているだけですよ。子どもの成長とは早いものです」

彼はしみじみと言った後に、快活な笑い声を立てた。

好ましい方からの褒め言葉はとても嬉しいものね。……『子ども』という部分は、遠くに置いておくわ。

「これからもわたくし素敵な淑女になりますわよ、マッケンジー卿」

「ええ、楽しみにしております」

マッケンジー卿は立ち上がると、眦を下げながら大きな手でわたくしの頭を何度も撫でた。

……完全に子ども扱いね、なんて思うけれど。いいの、今が幸せだから。

その時、強い力でぐいと腕を引かれた。

そちらを見ると、なぜか不機嫌そうなナイジェルがそこにいる。淑女に急に触れるなんて、よろしくないわよ。

「なによ、ナイジェル」

「マッケンジー卿は僕の教師です。姉様のものではありません」

ナイジェルは小さく口を尖らせる。この子ったら自分の教師とわたくしが親しげにしているから、拗ねてしまったのね。出来た子だと思っていたけれど、まだまだ子どものようだわ。

「わかったわ、授業の時間は邪魔しないわよ。授業の後はわたくしとお茶を飲んでくださいませね、マッケンジー卿！」

わたくしは自分の容姿の冴えなさを自覚しているから、殿方に甘えることが得意ではない。だけどマッケンジー卿には、素直に甘えられる。これは年の差が為せることね。包容力のある年上の男性は、やっぱり素敵！

「わかりました、小さなレディ」

そんな言葉とともに向けられたマッケンジー卿の渋味のある笑みを見て、わたくしはときめきで卒倒しそうになってしまった。

ウィレミナ姉様がマッケンジー卿と話をしている。姉様の表情は今まで見たことがないくらいに輝いており、彼を慕う気持ちに溢れていて……。そのお顔が僕に向いていないことが悔しくて、胸を掻きむしりたい気持ちになった。

僕の剣の教師に、姉様が慕っている人が来るとは思ってもみなかった。

『最高の教師』を頼んで『王宮近衛騎士団団長』が来るなんて、予想できるわけがないじゃないか。公爵を恨みたい気持ちにもなったが、僕はそれをぐっと堪えた。

それに、これは恋敵を観察できる絶好の機会でもある。

改めてマッケンジー卿に目を向ける。この人が姉様の慕っている人……僕とは本当にタイプが違うな。タイプ云々というよりも、生き物としての根本が違う気がする。何度生まれ変わっても『これ』になれる気はまったくしない。

僕はここまで背が伸びないだろうし、筋肉もこんなつき方はしないだろう。僕がいくら鍛えても、体の作りの問題でマッケンジー卿のような雄々しい見目にはなり得ないのだ。

だけどそれは、あくまで『見た目』の話である。

剣の腕、騎士としての心構え、精神的な強さ。僕が追いつき、そして追い抜ける箇所はきっとあるはずだ。

僕は、マッケンジー卿に勝たなければならない。

僕だって姉様を守れるのだと、貴女の高潔な騎士になれるのだと。……それを証明しなければ。

「生意気な目をしてるな、小僧」

姉様が屋敷に戻ったのを見届けてから、マッケンジー卿が紳士の仮面を脱ぐ。そこにいるのは、抜き身の刃のような気配を持つ男だ。対峙しているだけで、情けなくも足が竦んでしまう。

だけど、ここで気圧されてなるものか。

「……いずれ貴方に勝たなくてはならないと、考えておりましたので」

頬に冷や汗をかきながら絞り出すようにそう言って、マッケンジー卿を睨みつける。

僕の言葉を聞いたマッケンジー卿は目を丸くし、呵々と大きな声で笑い出した。

「いい面構えだ。さすが『あの男』の息子だな」

今度は、僕が目を丸くする番だった。この男は——僕の素性を知っている？

僕の様子を見てマッケンジー卿はにやりと不敵に笑う。

「——知っているのですか」

「所用でガザード公爵家の近くに来た時に、お前の姿を見かけてな。あまりにもあの男にそっくりだったものだから、ガザード公爵閣下と陛下を問い詰めたんだよ」

……まさか公爵と国王陛下を問い詰め、そして僕の素性を吐かせるとは。マッケンジー卿は見た目通りの型破りな男らしい。

「本来なら、まだ子守りをするような年じゃあないんだがな。あいつの子なら話は別だ」

マッケンジー卿と父は親しかったのだろうか。父は騎士だったし、マッケンジー卿と年齢も近い。だからその可能性はじゅうぶんにあるな。

細身の木剣を投げられ、慌てて受け取る。はじめて手にした木剣は意外なほどの重さがあり、これを振り回せるのだろうかと弱気がわずかに顔を出す。僕はそれを、慌てて心の奥底に押し込めた。

「とりあえず、お前がそれをどれだけ扱えるか見てやるよ。どこからでもかかってこい。それを見てから、どの程度から指導をはじめるかを決める」

マッケンジー卿はそう言うと、挑発するように両手を広げてみせた。彼は木剣を持っていない。……一撃すら、僕には入れられないと確信しているのだ。

――『今』はその通りだろう。だけれど未来には、その大きな体を地に這いつくばらせてやる。

そして姉様の愛を、僕は勝ち取るんだ。

「なによ、ボロボロじゃないの。情けない子ね」

剣の授業が終わり、マッケンジー卿に小脇に抱えられて屋敷に戻って来たナイジェルを見て、わたくしはため息をついた。

「少し、やり過ぎました」

マッケンジー卿は申し訳なさそうに言うと眉尻を下げる。そして居間の長椅子にナイジェルを下ろした。

ナイジェルはボロボロだけれど、意識ははっきりしているようだ。

……なんだか、意気消沈しているようだけれど。

「マッケンジー卿は悪くありませんわ。剣の鍛錬というものに、怪我は付き物なのですもの」

そう返しながらナイジェルの様子を詳しく観察する。彼の体には大小の痣と、小さな擦り傷がいっぱいだ。だけどマッケンジー卿が上手く手加減してくれたのか、大きな怪我は無いようね。さすがだわ。

ナイジェルは細身で小柄だし騎士には向いていないと思うのだけれど、どうして剣の教師なんてねだったのかしら。

あまりにボロボロだったのでさすがに可哀想になり、水差しの水でハンカチを濡らして少し腫れた頬に当てる。するとナイジェルは気持ちよさそうに瞳を細めた。

「冷たくて気持ちいいです、姉様」

「そう、それはよかったわ。あとはメイドを呼んで……」

「姉様に、手当てして欲しいです」

変な子ね、メイドを待てないくらいに痛むのかしら。頬を冷やした後に、ついでに泥で汚れていた首筋を拭う。するとナイジェルはくすぐったそうな顔をした。

　こうしていると本当の弟の世話を焼いているみたいね、なんて。少し和みそうになる。

　ダメね、下手に情を持つのはよくないのに。不義なんて道に外れたことは、許してはいけないの。

　……本当に許しちゃいけないのはナイジェルじゃなくて、お父様だっていうのはわかっているのだけれど。お父様に嫌われるのが怖くて、はっきりそうと言えないのだから……わたくしは卑怯者なのだわ。

「姉様、腕も痛いです」

　ナイジェルの声に、暗いところに沈んだ思考が引き戻された。

「なにを甘えたことを言ってるの」

「……だって、痛いのです」

　晴れた日の空のような色合いの瞳で、甘えるように見つめられる。仕方なしに腕の痣にも濡れたハンカチを当ててあげると、ナイジェルの表情がふわりと緩んだ。

　後でお父様にお医者様を呼んでもらおうかしら。もしかすると骨にひびが入っているかもしれないし。

「後でお医者様を呼ぶわよ。いいわね？」

「はい、ウィレミナ姉様」

「痛み止めの軟膏と包帯を多く処方してもらった方がいいのかしら。まったく、手間がかかる子ね」

「……ごめんなさい、姉様」

ナイジェルが悲しげに長いまつ毛を伏せる。すると白い頬に影が落ちた。

「剣は……いつまで習うつもりなの？」

このまま剣の授業を続けていたら、いつか大怪我をするんじゃないかしら。別にナイジェルが大怪我をしようと、わたくしはどうでもいいのだけど。

だけどこの子が大怪我をしたら……お父様がきっと悲しむわ。お父様にとっては、この子も大事な子どもなんだもの。

「僕が、強くなれるまでです」

「お前がなれるわけがないでしょう？」

「いいえ、強くなります。そして騎士になるんです」

ナイジェルが伏せ気味だった顔を上げる。強い意志を孕んだ視線がこちらを射貫き、わたくしはそれにたじろいだ。

公爵家の後継になる可能性があるお父様の子なのに、一体なにを言っているのよ。騎士になったとしても公爵家を継ぐことはできるけれど、命の危険があることは避けてほしいわ。お父様に心労がかかるもの。そもそもの話……こんなに華奢なこの子が騎士になれるはずがないのだから、無駄な心配かしら。

「無理で……」

「いや、なかなか見込みがありますよ。動きも悪くはないですし、何より明確な『目標』があるのか何度も食らいついてくる根性があります」

メイドが用意した紅茶を口にしながら、マッケンジー卿が会話に加わる。

見込みがある？　マッケンジー卿がおっしゃるのならそうなのかしら。

「しばらく鍛えた後に、騎士学校への推薦をしてもいいと思っております」

──騎士学校。

現役騎士からのご推薦がないと入れない、騎士のエリートコースへの道。

そこに……ナイジェルが入るの？

騎士への道は広く門戸が開かれており、登用試験に合格することで平民でも貴族でもなることができる。マッケンジー卿も平民からの登用で、活躍を買われて現在は爵位を賜っているのだ。

それだけ聞くとなんて懐が深い世界なんだろう、と思うかもしれないけれど。

騎士の世界は貴族家の者が幅をきかせており、平民出の騎士は下働きのように扱われ、出世がし辛いなどのあからさまな差別を受ける。マッケンジー卿が近衛騎士団団長になってからは、そんな差別をなくそうと努力してらっしゃるけど……。現状は『なくなった』

と言えるものではない。

マッケンジー卿はその扱いを実力で跳ね返す『異端』だったわけだけれど。本当に素敵だわ！　そんな勇猛果敢で才覚に溢れた将なのに、いつも気さくで気取っていないところも素敵よね。はしたないとわかっていつつも『素敵な方』だなんて気持ちが溢れてしまう。

……わたくしのマッケンジー卿への気持ちは、どうでもいいわね。

騎士になる方法は登用試験という正規ルートとは別に、もう一つのルートがある。

それが『騎士学校』への入学だ。

騎士学校は一定以上の功績を挙げた、現役騎士の推薦でしか入れない二年制の学校だ。十二歳から十八歳までの間ならいつでも入学が可能。推薦があった生徒の入学試験は、随時行われている。

推薦だと貴族の権威に任せての入学が横行しそう……なんて思われるかもしれないけれど。

推薦入学者が厳しい訓練に耐えられず逃亡した場合やその他問題を起こした場合、本人だけではなく推薦者も厳しい処罰を受ける。なので『余程』の信頼がないと推薦には至らないのだ。

入学試験が登用試験とは比較にならないくらいに厳しいので、腕に覚えのない者が無理やりコネでの推薦を勝ち取っても入学自体がそもそも難しいのだけれど。

そんな事情で騎士学校卒の生徒は信用という担保があるため、卒業後に重要なポストに就きやすい。騎士学校在籍中の成績によっては、近衛騎士という花形への道も開けるのだ。

「ナイジェルを推薦だなんて。マッケンジー卿に、ご迷惑がかからないかしら」

わたくしが最初に思ったのはそれだった。

ナイジェルが問題を起こせばマッケンジー卿が処罰を受ける。それだけは絶対に避けないと。

「姉様、僕は逃げたりしません」

ナイジェルがわたくしの服を引っ張りながら、心外だという顔をして言う。

だけど授業の初日からこんなにボロボロなのよ？　学校は腕に自信のある生徒たちばかりだろうし、入学できたとしても毎日泣くナイジェルしか想像できないわ。

「……わたくし、心配よ」

ぽろりと出た言葉に自分で驚いて、口を手で押さえる。するとナイジェルは大きく目を見開いた後に、咲き誇る花のような美しい笑みを浮かべた。なんなのよ、その嬉しそうな顔は！

「大丈夫ですよ、ウィレミナ嬢。俺……いや、私が大丈夫だと思うまでは推薦はしませんから」

わざわざ『私』と言い直すマッケンジー卿は、悪戯っ子のようで少し可愛い。大人の男性の上に可愛いところもあるなんて、本当に最高ね。

「ふふ。マッケンジー卿、楽な言葉遣いで大丈夫ですのよ」

「いや、これは失敬。では、お言葉に甘えて少し楽にさせて頂きますか」

マッケンジー卿はそう言うと、照れたような笑いを浮かべた。そしてクッキーに手を伸ばして一口で食べてしまう。彼はどうやら、甘い物がお好きらしい。

わたくし……先ほどはマッケンジー卿の見識を疑うような失礼なことを言ってしまったわね。きちんと謝罪をしないと。

「ナイジェルを疑うことは、マッケンジー卿を疑うことになってしまいますわね。剣のことなどわからない小娘が失礼を申してしまい、申し訳ありません」

マッケンジー卿のところへ行ってぺこりと頭を下げると、頭を大きな手でわしゃわしゃと撫でられる。それが心地よくて、わたくしは思わず笑みを漏らした。

「弟君が心配だったのでしょう？　ウィレミナ嬢はよき姉君だ」

――だけど、かけられた言葉を聞いて心が凍りつく。

わたくしは、いい子なんかじゃない。弟いじめをする悪い姉なのだから。

「マッケンジー卿、わたくしはいい子では」

「いいえ。ウィレミナ嬢自身が気づいていないだけで、とてもいい子ですよ」

マッケンジー卿はそう言って白い歯を見せながらにかっと笑うと、メイドに紅茶のお代わりを頼んだ。そしてクッキーをまた頬張る。そんな彼の様子を見ながら、わたくしは口を引き結んだ。

　マッケンジー卿にお優しいことを言って頂く資格は……わたくしにはないわ。

　わたくしは肩を落としながら長椅子に腰を下ろした。するとナイジェルがじっとこちらを見つめてくる。

「姉様。その」

「な、なによ」

　ナイジェルに呼ばれて、つい身を強張らせる。

「姉様はいつも――」

……ナイジェルの口からどんな言葉が出るのかが怖い。そしてそれをマッケンジー卿に聞かれることが、もっと恐ろしい。

　わたくしは咄嗟にナイジェルの口を両手で塞いでしまった。するとナイジェルの大きな瞳が、さらに瞠られる。

　ふだん義弟につらく当たっていることを、マッケンジー卿に知られたくない。そんな気持ちで心がぐちゃぐちゃになり、どうしていいのかわからない。

「ナイジェル、なにも言わないで。お願い」

懇願の色を含んでしまう声音でお願いすると、ナイジェルはこくこくと何度も頷く。そしてわたくしの手をそっと口から剝がした。

「なにも言いません、姉様。だから……そんな泣きそうなお顔をしないでください」

優しく囁かれ、青の瞳でじっと見つめられる。あんなにきつく当たっているのに、それを黙っていてくれるなんて…。義弟の方がわたくしよりも『いい子』ね。

わたくし……公爵家の令嬢としてふさわしくない人間なんじゃないかしら。

一ヶ月、二ヶ月と経ってもナイジェルが剣の稽古で音を上げることはなかった。こうまでやる気を見せつけられると、わたくしにだって彼が本気で騎士になりたいのだとわかる。

……もしかすると、ナイジェルはこの家を出て行きたいのかしら。こんな意地悪な義姉がいたら、居心地がいいわけないわよね。

マッケンジー卿と木剣で打ち合いをしているナイジェルを窓から眺めながら、そんなことを考える。

騎士学校に入れば二年は家に戻れない……いや、戻らなくていい。騎士学校へ通う者は貴族の学園への入学も免除され、卒業後は騎士宿舎に入ることを選択する者がほとんどである。

騎士学校に通うことで、ナイジェルは公爵家と関わることをせずに人生を送ることができるのだ。

社交の機会などに顔を合わせることはあるだろうけれど、そんなものは挨拶だけして終わらせればいいものね。

彼を公爵家の後継になんて話が出て公爵家に戻ることがあるとしても、その時にはわたくしは他家に嫁いでいるだろう。

「……わたくしのせいよね」

重いため息をつくと、窓ガラスが白く濁る。

公爵家を出たいのだと……ナイジェルにそう思わせるほどにわたくしは彼を傷つけてきたのだ。

今さらながらに、後悔の念が胸に満ちる。

けれど。してしまったことは二度と取り返しがつかないのだ。

ナイジェルが剣の鍛錬をはじめてから、あっという間に二年近くが経った。

マッケンジー卿の見込みは正しかったようで、ナイジェルの剣の腕はめきめきと上達している。鍛錬は厳しいものでナイジェルは日々疲れ切っており、夕食を食べ終えるとすぐに眠ってしまう。だからわたくしとの接触は、以前よりも明らかに減っていた。

ナイジェルへの気まずい気持ちを抱えているわたくしは……その自然発生的な疎遠に甘えてしまっている。

ちなみに、マッケンジー卿とも交流はあまりできていない。それもそうよね、彼はあくまでナイジェルに剣を教えに来ているのだから。……残念だわ。

授業を終えてから、図書室で一人自習をする。そんな日課ばかりの毎日が静かに淡々と過ぎていく。時々一抹の寂しさを感じるのは、以前はべったりと側にいたあの子がいないからだろうか。

わたくしもナイジェルも、もう十二歳。

時が経つのは本当に早い。あの子が屋敷に来てからもう四年だ。

最初はあんなに燃え盛っていた『不義の子』に対する反発は、最早残り火のように心の隅で燻ぶるだけとなっている。

なにかを憎み続けることは難しい。それが理不尽な理由なら、なおさらね。

そう。大人の都合に振り回されただけのあの子に辛く当たるなんて、理不尽以外の何物でもない。

そんなこと……最初からわかっていたのに。

「……どうしたものかしらね。困ったわ」

ため息をつきながら読んでいた本を閉じ、冷えた紅茶を口にする。

「なにかお困りなのですか？　ウィレミナ姉様」

急に聞こえた透明感のある声に、わたくしはギクリとした。図書室の入り口に目を向けると、予想の通りナイジェルが立っている。彼がここに現れるなんて久しぶりだ。今日は授業が早く終わったのだろうか。

ナイジェルはこちらに近づくと、長椅子に座るわたくしの隣に腰を下ろす。この子はなぜか他の椅子が空いていてもわたくしの隣に座るのだ。止めろと言ってもきかないのよね。久しぶりのナイジェルとの二人きりでの接触に、わたくしは身を緊張させる。そして渇く喉から声を絞り出した。

「困ってなんかいないわ、放っておいてちょうだい」

長年憎まれ口を言い続けたわたくしの口は、ナイジェルに対して自然につっけんどんになってしまう。だけどナイジェルも慣れたもので、それを気にする様子もなかった。

「……本当に、困っていないですか？」

ナイジェルはじっとこちらを見つめながら、少し距離を縮めてくる。長椅子の座面に乗せられた手は昔よりも大きくて、そして傷だらけだ。

変わったのは手だけじゃない。ナイジェルの背は伸び、体つきも訓練の成果なのか以前よりもしっかりとしている。そして美貌にはさらに磨きがかかってるわね。見慣れていても少しばかり眩しいわ。

ずいぶんと……『男の子』になったのね。

間近で見た義弟の姿に、しみじみとそんなことを思ってしまう。

あら、眉の上に少し傷があるじゃない。傷が残らないといいのだけれど。せっかく、こんなに可愛い顔をしているんだから。

「……姉様？」

わたくしはどうやら義弟を食い入るように眺めていたらしい。ナイジェルは恥ずかしそうに頬を染めて、ぎこちなく視線を逸らした。その仕草は十二歳の少年のくせに色気たっぷりだ。……わたくしは色気の『い』の字もないのに、ずるいわね。

「ナイジェル。前より逞しくなったわね」

「ほ、本当ですか！」

何気なく漏らした言葉にナイジェルが食いついてくる。彼の表情があまりに真剣で、わたくしは少しばかり引いてしまった。

「本当に逞しくなりましたか？　あの、どのあたりが」

……ずいぶんと、しつこく訊いてくるわね。

わたくし意地悪は言うけれど、嘘は言わないわよ。

「本当に逞しくなったと思っているわよ？　腕なんか前よりかなり太くなっているし」

ナイジェルの腕をしばらく触ってから自分の腕に触れてみる。すごいわ、硬さが全然違う。鍛錬で筋肉がちゃんとついているのね。

「わたくしとこんなに腕の硬さが違うわ。ほら、触ってみて」

ナイジェルの手を取ってわたくしの腕に触らせる。日々の力仕事なんて本を持つくらいだから、悲しいくらいにふわふわなのよね。ナイジェルの指先が、家に居てばかりで生白い肌にふかりと埋まる。ちょっとまって、指が埋まりすぎじゃない？……ダメね、これは少し痩身を考えないと。

「ね、姉様！」

ナイジェルが焦ったような声を上げて、火傷でもしたかのように手を引っ込めた。義弟にはめずらしい乱暴な仕草に、わたくしは目を瞠った。

怒ったのかしら。そうよね……わたくしになんて触れたくないわよね。

「触れたり、触れさせたりして……悪かったわ」

胸の奥がぎゅっと苦しくなる。目を伏せて謝罪をしながら、わたくしはナイジェルから少し距離を取った。

「驚いただけで、嫌ということは」

「そう、お気遣いありがとう。わたくし部屋に戻るわね」

「姉様！」

自分の無神経さに呆れながら、退室しようとした時――。

「触っても、大丈夫ですから！」

必死な声音のナイジェルに、腕を掴まれてしまった。その力は強く、握られた場所が少しだけ痛い。

「ナイジェル、痛いわ」

「あ……」

ナイジェルはしまったという顔をして、腕を解放する。わたくしはナイジェルに向き合うと、お小言を言うために口を開いた。

「もう、女性には優しく接しなさい。いいわね？」

「……ごめんなさい」

軽く叱ると、ナイジェルは悲しげに眉尻を下げる。そんな顔をされるとわたくしが悪いみたいじゃない。今までの行いの積み重ねもあるから……これ以上は強く言えなくなってしまう。

そういえばこの子、ここにはなにをしに来たのかしら。

「ナイジェル、どうしてここに来たの。わたくしに用事があって？」

「あ……」

話を振ると、ナイジェルは何度も頷く。そして、緊張した面持ちをこちらに向けた。

「来週、騎士学校の入学試験を受けることになりました。マッケンジー卿からは、合格するだろうとのお墨付きを頂いております」

ナイジェルは、真剣な表情でそう告げた。

そうなの。ナイジェルはこの家を……ようやく離れられるのね。

「よかったじゃないの。いつも頑張っていたものね」

「それで、試験に合格したらという前提ですが。騎士学校に入る前に……」

彼はそこで口ごもると、視線を少し泳がせる。わたくしはせっつきたくなる気持ちを堪えて、ナイジェルの次の言葉を待った。

じっと見つめているとナイジェルはようやく口を開く。そして……。

「二人で出かけませんか？」

――そんなことを言ったのだった。

「出かける？　わたくしと？」

「ええ、姉様と二人で出かけたいです。そう、二人だけで」

ナイジェルは妙に『二人で』を主張する。一体なにを考えているのかしら。

「……男の子が楽しいと思う場所への、許可は出ないと思うわよ？」

許可が出そうな場所で思いつくのは、貴族街にある美術館や薔薇園だ。視界が開けているから護衛が守りやすく、守衛なども多い場所。それは安全だけれど、男の子は確実に退屈するだろう。劇場も個室を取るのなら、許可が出るかもしれないけれど……。

「出かけられるのなら、場所は問いません」

「そう？　では、お父様にお伺いを立ててみるわ」

「はい！」

ナイジェルは口元に笑みを浮かべながら返事をする。

義弟はなぜ……わたくしと一緒に出かけたいのかしら。

まさか、仕返しなんて企んでいないでしょうね？

……義弟がなにを考えているにしても、これは彼との最後のお出かけになるかもしれない。嫌っている義姉と、何度も出かけたいとは思わないでしょうし。

そんなことを考えながら、わたくしは機嫌よさそうに笑うナイジェルを見つめた。

ナイジェルは危なげなく騎士学校の入学試験に合格し、外出の日取りは合格の報からさらに一週間後となった。場所は薔薇園に決まったのだけれど、ナイジェルは退屈しないのかしらね。わたくしは、薔薇園は好きだけれど。

時間はあっという間に過ぎて、薔薇園へ行く当日。

「姉様、行きましょうか」

灰色のジャケットに黒のベスト、そしてジャケットよりも少し色の濃いトラウザーズを穿いたナイジェルが、わたくしを迎えに来た。迎えに……と言っても、当然部屋までの短い距離だ。

最近のナイジェルは訓練の日々だったこともあり、動きやすいラフな服装をすることが多かった。その服装でも、義弟が美しいことには変わりなかったのだけれど。

きっちりとした服装をすると、ナイジェルの素材のよさはさらに映える。少し長い後ろ髪を黒のリボンで留めているのも、なかなかいいセンスね。大げさな表現ではなく、道行く女性たちはすべて彼を振り返るんじゃないかしら。

「素敵な服装ね、ナイジェル。よく似合うわ」

「え、あ……。そ、そうですか？」

見たままの事実を告げると義弟はなぜか焦る様子を見せた。この子は無表情気味なのもあって、一見しっかりしているように見えるけれど……こういう隙も多いのよね。

「そんなふうに焦らなければもっとよいのだけれど。褒められた時も貶められた時も、堂々としていなさい。人に侮られてはダメよ」

「はい、姉様」

真剣な表情でナイジェルは頷く。そしてわたくしの服装に視線を移した。

今日わたくしが身に着けているのは浅葱色のワンピースと白のショールだ。派手な色の方が、キツめの顔と黒髪に合うの。元が凡庸だから、容姿が大幅に底上げされるわけでもないのだけれど。

「……姉様、とてもお似合いです」

ナイジェルは少し気恥ずかしそうにしながら、褒め言葉を口にする。そして白い手袋に包まれた手をこちらに差し出した。どうやら、エスコートをしてくれるつもりらしい。

「そう、ありがとう」

またこの子ったら、お世辞を言って。まぁいいわ、今日は素直に受け取ってあげる。

お礼を言ってにこりと笑う。そしてナイジェルの手に、自分の手をそっと重ねた。

護衛を二人連れて、ナイジェルと一緒に馬車に乗り込む。ナイジェルは剣を持って行きたがったのだけれど、「今日のお出かけには必要ないわよね？」と説得したら渋々という様子で家に置いてきた。だって、薔薇園は近場な上に護衛も居るんだもの。

「姉様の騎士になりたかったのに」なんてつぶやきながら肩を落としていたけれど……本当にわからない子ね。騎士と姫ごっこなら想い人とでもすればいいのに。前にお茶会で『想い人がいる』と言っていたじゃない。あのお茶会は二年も前のことだから、その想い人への気持ちは消えている可能性も高いけれど。

「薔薇園、楽しみです」

なぜか向かい合わせではなく隣に座ったナイジェルが、そう言って口元を緩ませる。

この子の『好きなもの』や『嫌いなもの』をまったく知らないのだと……わたくしはその言葉でふと気づいた。

ナイジェルはお父様にわがままを言わない。『なにが好き』や『なにが嫌い』という言葉を彼はほとんど口にしないのだ。剣を習いたい、と言い出したのが唯一のわがままね。

わたくしなんて『ドレスはこの色が好きよ』とか、『お父様ともっとお話ししたいわ』なんて日々わがままを言ってばかりなのに。

……この家では、ナイジェルはわがままも言えなかったのかしら。

その事実に罪悪感を覚え、わたくしは口を開いていた。

「ナイジェルは、薔薇が好きなの？」

ナイジェルは質問を聞いて少し首を傾げる。違ったのかしら？　薔薇が好きだから、薔薇園が楽しみなのではないの？

「お前は薔薇が好きなのではないの？　薔薇園を楽しみにしているのでしょう？」

「その、好きな方がお好きなようなので……楽しみなだけで」

義弟はそう言うと、白い頬を淡く染めた。

『好きな方』。お茶会の時に言っていた方のことよね、きっと。今でも一途に想っているなんて、義弟は案外ロマンチストなのね。

そんなに想っているのなら、お相手が誰か無理に聞き出すのも野暮かしら。

ちくりとさせた。

「では、お前はなにが好きなの？」

「色でしたら……黒が好きです」

じっとこちらを見つめながら、ナイジェルは答える。わたくしはそれを聞いて、目をぱちくりとさせた。

「黒？　地味な色が好きなのね」

「黒はとても綺麗だと思います。……銀や青がとても映えますし」

「ふふ。もっと可愛らしい色はたくさんあるのに」

義弟の渋い趣味にわたくしは思わず笑ってしまった。銀色の髪と白い肌のナイジェルにはよく似合う色だから、いい趣味だとは思うけれど。

薔薇園に着くと、ナイジェルがわたくしの手を取って馬車から降ろしてくれた。……すっかり、貴公子のような仕草が身についたわね。

御者台に座っていた護衛たちもわたくしたちの後に続く。

ナイジェルに手を引かれながら薔薇園に入ると、様々な年齢の男女が思い思いにくつろいでいるのが目に入った。貴族階級らしき老夫婦。恰幅のいい男とその妻。まだ若い、婚約者同士らしい男女。皆は表情を和らげながら、薔薇について語ったり、愛を囁きあったりしている。

わたくしも、マッケンジー卿と来たいわね。

ナイジェルの剣の授業は終わったのだし、少しだけわたくしのためにお時間をくれないかしら。

「姉様、綺麗ですね」

「そうね、美しいわ」

薔薇を見つめながらナイジェルが言う。わたくしも見事な薔薇に目を向けて、同意を示した。この薔薇園には一年ほど前に『お友達』と来たきりだった。久しぶりに来たけれど、やはり綺麗ね。

わたくしとナイジェルは薔薇を眺めながら園内を回る。初々しい恋人たちとでも思われているのか、通行人に微笑ましいと言わんばかりの視線を時折向けられるのが面映ゆい。

ナイジェルとわたくしはまったく似ていないから、姉弟と思う方が難しいだろう。

……血が繋がっているはずなのに。

ちらりとナイジェルに目を向けると、いつもながらの眩しい美貌がそこにある。その表情は冷たく、甘い美貌にはほど遠いけれど……こういう雰囲気の美形に弱い令嬢も多いのよね。わたくしの好みとは違うけれど。

ナイジェルはわたくしの視線に気づくと、少し照れたように笑う。すると彼の冷たい雰囲気は、陽だまりに溶けたかのようにふわりと緩んだ。

「……見つめられると、照れるのですが」

「あら、ごめんなさい。わたくしたち、ちっとも似ていないわねって……しみじみ思ってしまって」

わたくしがそう言うと、ナイジェルの目がなぜか少し泳ぐ。それが不思議でじっと見つめると、ごまかすように視線は薔薇へと向けられた。

「赤の薔薇、綺麗ですね。以前、姉様がお茶会で着ていたドレスもこんな色でしたね」

「……今、なにかごまかさなかった？」

「いいえ、そんなことは」

……絶対なにかごまかしたでしょう。

半眼で睨むとナイジェルは困ったように眉尻を下げる。その情けない表情を見ていると追及をする気も失せてしまい、わたくしは少し笑ってしまった。

「まぁいいわ。薔薇を見ましょう」

「はい、そうですね」

あからさまにほっとしたようなナイジェルを横目に、わたくしは薔薇の観賞へと戻る。

こういう姿を見ていると、騎士学校でちゃんとやれるのか少し心配になるわ。

「……ナイジェル」

「なんですか、姉様」

「騎士学校では……体に気をつけて、頑張りなさいね」

今まで彼を苦しめてきたのだろうわたくしが、こんなことを言ってもいいのだろうか。そんな葛藤を覚えるけれど……どうしても伝えておきたかった。

怪我なく、無事に。騎士学校を卒業してほしい。

そしてその後の人生を、わたくしのような愚かな誰かに煩わされることなく健やかに生きてほしいわ。

「はい、必ず！」

ナイジェルはそう言い、決意のこもった眼差しをこちらに向けた。わたくしはそんな彼に、頷いてみせる。

——今であれば。今までの行いを謝ることができそうな気がする。

許してもらえないだろうし、ただの自己満足だとはわかっているけれど……。今まで悪かったと。そしてこれからは、ちゃんとした姉になると。義弟が旅立つ前に伝えておきたいわ。

「ねぇ、ナイジェル」

「なんですか、姉様」

「わたくし——きゃっ」

突風が吹き、薔薇の花びらとわたくしの言葉を舞い上げる。その風で、わたくしの髪につけていた髪飾りが飛ばされてしまった。

「姉様、髪飾りが……。少し待っていてください」

ナイジェルはそう言うと、髪飾りの飛んだ方へと走っていく。

タイミングを……逸してしまったわね。

まぁ、いいわ。帰りの馬車でだって、屋敷に帰ってからだって。謝る機会はあるのだもの ね。

そんなことを思いながらため息を一つつき、護衛の騎士たちと一緒に髪飾りを捜す義弟をわたくしは見つめた。

薔薇園で過ごした後、わたくしたちは帰路へと就いた。

馬車の窓から見える空は茜色に染まっており、そんなに時間が経っていたのかと驚かされる。……それだけ、夢中で話していたのかしら。

「姉様。薔薇園……楽しかったです」

隣に座るナイジェルが、頬を少し染めて微笑みながら言う。わたくしも、彼に微笑みを返した。

「そうね、楽しかったわ」

「薔薇も、姉様も綺麗でした」

「そういうお世辞はいいのよ」

「……お世辞ではありませんから」

思いのほか真剣な表情でそう言われ、心臓が小さく跳ねた。青の瞳はまっすぐにわたくしに向けられており、一瞬たりとも視線を外されることがない。ナイジェルの顔が整いすぎているせいだろうか。そんなふうに見つめられると、落ち着かない気持ちになる。

「ナイジェル」

――淑女をそんなふうに見るのは、いけないことなのよ。

そんな、いつも通りの小言を言おうとした時。馬車が大きく揺れた。なにが起きたか理解できず、わたくしは小さく悲鳴を上げた後に目を白黒させる。小石に車輪を取られた、とか。そんな揺れではなかったはずだ。

「……まさか、賊か？」

少し声が上ずったナイジェルのつぶやきと同時に、馬で並走していた護衛騎士の「敵襲！」という叫びが響く。唐突に生じた危機に、わたくしの背筋は凍った。

街から離れた場所には、時折賊が出るという話は聞いていた。

悲しいことに、この国には貧富の差がある。そしてその差は、『持っているところから奪う』という行動に人を駆り立てることがあるのだ。わたくしの今身に着けているものやこの馬車だって、売れば彼らにとってのひと財産となるだろう。

「訓練された集団というようには見えないですね。貴族の馬車を狙う賊の類ではないかと。

……相手は五人か。これはまずいな」

動揺で身を震わせるわたくしとは対照的に、ナイジェルは窓の外に目をやりながら状況を測っている。その姿を目にして、わたくしも動揺している場合ではないと気を引き締めた。いざとなれば、わたくしが交渉の矢面に立ってナイジェルを守らないと。

わたくしは、ガザード公爵家の娘なんだから。

そして……この子の姉なのだから。

手を伸ばしてナイジェルの手を握ると、それはわずかに震えている。そうよね、冷静に見えても……怖くないわけがないのよね。

「……姉様」

空色の瞳がわたくしを見つめる。その奥にある不安を拭い取るように頷いてみせる。

「わたくしが、貴方を守ります。だから安心しなさい」

外からは、激しい剣戟の音が聞こえてくる。胸の内に募っていく恐怖を必死に押し殺しながら、わたくしはナイジェルに微笑みを向けた。

──下手くそな、笑い顔だ。

口の端は引きつっているし、顔色は紙のように白い。姉様自身は気づいていないようだけれど、その瞳からはぼたぼたと大量の涙が零れている。

だけど。そんな姉様の笑みが、この世のなによりも尊く思えて胸が強く締めつけられた。

姉様は強い人だ。こんな時でも毅然とし、僕を守ろうとする。だけど、守られてばかりではダメなんだ。

唐突に訪れた危機に怯みそうになっていた心を、必死に立て直す。

怖がってなんかいられない。なんのためにあの男のしごきに耐え、騎士学校の試験合格を勝ち取ったんだ。

――姉様が憧れるような……強い騎士になるためだろう？

震えている姉様の手を握り返し、気持ちを奮い立たせながら窓の外に目を向ける。

地面に転がっているのは……四人の死体。護衛の一人と、賊の二人。もう一人は御者だな。賊の残りは三人、護衛は一人。残った護衛は善戦しているようだが、形勢は明らかに不利だ。

姉様になんと言われても、剣を持ってくればよかった。剣さえあれば、馬車から飛び出して加勢できるのに。

……いや。地面には倒れた護衛の剣が、折れもせずに転がっている。

あれを手にできれば、僕も戦える。

「姉様、行って参ります。ここで動かないようにしていてください」

「え……」

目を丸くする姉様の手を放し、馬車の外へと勢いよく飛び出す。僕を呼ぶ姉様の声が聞こえたけれど、振り返ることはしなかった。

馬車の外の空気は、死の臭いに満ちている。濃厚な血と、汚物のような臭いだ。好んで嗅ぎたいようなものではない。

しかしこれは……騎士という道を選んだからには、たびたび経験する臭いなんだろうな。

それも、今を生き残れば……の話だが。

「ナイジェル様！」

「助太刀します」

驚き顔の護衛に一言言って、地面の剣を拾う。そして続けざまに、なにが起きたのかわからないという顔をしている賊の一人の腹に剣を突き立てた。刃先はいとも簡単に腹へとめり込み、嫌な感触が手に伝わる。剣を引き抜いた時に飛び散った血が頬にかかり、その生温さと嫌な臭いに僕は眉を顰めた。

「ぐぁっ！」

男は腹を押さえてのたうち回る。それを見た残りの男二人は、ようやく事態を把握したようだった。

「こいつ……！」

体格のいい男が剣をこちらに振り下ろしてくる。その斬撃を剣身で弾き、剣を突き出す。

男は間一髪でそれを避けて、こちらを睨みつけた。

……手加減をしながら僕をいなしている時のマッケンジー卿より動きが遅く、比較にならないくらいに斬撃も軽い。しかしマッケンジー卿とは違って、相手には明確な害意がある。それを忘れず油断をしないことが肝要だ。

僕は子どもで、体が小さく体力もない。腕力も劣るから、打ち合いになると長くはもたないだろう。できる限り正面からは打ち合わずに、相手を戦闘不能に追い込まなければ。

深呼吸をし、男を睨みつける。先ほどの肉を裂く感触を思い出すと、手に震えが走りそうになるけれど。

——僕は姉様を守るんだ。そのためにだったら、なんでもしてやる。

「舐めるなよ、貴族のガキが！」

男が大上段に構え、また剣を振り下ろしてくる。その単調な動きを躱し、男の腕や足を数度斬りつけた。一撃で致命傷を負わせるためには相手の懐に飛び込まねばならず、今回は先ほどのような奇襲ではないのでやるには危険度が高すぎる。

だから——まずは手傷を負わせて、痛みや出血により動きを鈍らせる。

「が、あっ」

男は苦しそうに呻くけれど、まだ剣を放す様子はない。白目が黄色く濁った目が僕に向けられ、男は大声で吠えながら愚直に剣を振り回す。

マッケンジー卿と、日々剣を合わせていたおかげだろう。男の動きはすべて予想でき、体が軽々と避けてくれる。避けては傷をつけと繰り返しているうちに、男の動きはのろいものとなっていく。

「はっ！」

遅い大振りを躱し、男の胸に剣を突き立てる。それは男の胸に深々と突き立ち、その生命を奪った。

「お見事です、ナイジェル様」

もう一人の男を片づけたらしい護衛に声をかけられ、そちらに視線をやる。彼はあちこちに傷を負い、力尽きて地面に膝をついているが、命に別状はなさそうだ。そのことに僕は安堵を覚えた。

「貴方たちが、敵の数を減らしてくれていたおかげです。ありがとうござ――」

「ナイジェル！」

護衛への礼の言葉を遮るようにして馬車の扉が大きな音を立てて開き、姉様の声が響く。

姉様は阿鼻叫喚の光景を見て小さな悲鳴を上げた後に、僕のところに一直線に駆けてきた。

小さな体が胸に飛び込み、ぎゅうと強く抱きしめられる。姉様の香りが近くでして、密着した体は驚くほどに華奢で柔らかい。

そんな場合ではないことはわかっているのに、どぎまぎしてしまう。大事な人がこの腕の中にいるのだから、それは仕方がないことだと思う。

小さな体を抱きしめ返そうとしたけれど、意気地のない僕は姉様の黒髪をそろそろと撫でることしかできなかった。はじめて触れた姉様の髪は、柔らかくて優しい感触がした。

「ナイジェル、大丈夫なの？　怪我はしていない？　ああ、血が出ているわ……！」

こちらを見上げる姉様のお顔は、涙でぐしゃぐしゃになっている。手を伸ばし白い頬に触れて涙を拭えば、無意識なのか甘えるように手のひらに頬を擦り寄せられた。そんな仕草が愛らしすぎて、心臓が止まりそうになる。

「平気です。この血は返り血なので……僕は怪我をしていません」

「本当に？」

「はい、本当です」

「……よかった」

姉様は安心したように笑った後に──僕の背後にいる『なにか』を見て大きく目を見開いた。

「ナイジェル、危ない！」

そして、大きく叫ぶと僕の体を突き飛ばす。

「きゃっ」

姉様が、悲鳴を上げて地面に倒れ込む。僕を襲おうとした凶刃が、姉様に触れたのだ。

幸いにも当たったのは柄だったらしいが、姉様は痛そうに頭を押さえて蹲っている。

背後を見ると、そこには僕が最初に腹を裂いた男がふらふらとしながら立っていた。

「くそっ、しくじったか」

「貴様……!」

頭の芯が熱くなり、心が一気に怒りに染まる。

――姉様を、こいつは傷つけた。

剣をしっかりと握り、男に突き立てようとするが……。もう限界だったのか、男は勝手にくずおれてしまう。護衛が慌てて駆け寄ったが、男はもう事切れたようだった。

「姉様! 姉様!」

駆け寄り抱き起こすと、姉様は僕を安心させるように笑う。

「ナイジェル。わたくしは……大丈夫だから」

こんな時まで桜色の唇から気遣いの言葉を零すと、姉様はがくりと意識を失ってしまった。

――わたくし、どうしたのかしら。

なんだか頭が痛いし、呼吸も苦しいような気がする。

そんな記憶(きおく)はないけれど、熱でも出してしまったのかしら。

「僕が油断したせいで、姉様が……」

ナイジェルの声が聞こえる。なんだか、震(ふる)えているわね。そんなに、悲しそうな声を出さないで。なぜだか……胸が痛くなるから。

「ナイジェル様のせいではありません。貴方(あなた)はご自身のできる限りのことをし、ウィレミナの命を守ってくれました。本当に……二人とも無事でよかったです」

今度は、お父様の声だわ。

『ナイジェル様』？　どうしてお父様がそんなふうに、ナイジェルのことを呼ぶの？

朦朧(もうろう)として、思考がまったく働かない。だけど――。

……わたくしは、なにかを間違ってしまったのだ。

そんな苦さが胸に湧(わ)き、それを抱(かか)えたままでわたくしの意識はまた熱に呑(の)まれていった。

第二章 義弟の回想

昔、昔。と言うほどでもない十数年ほど前の話だ。

とある国の王弟殿下と男爵家の令嬢が恋に落ち、無理やりに仲を引き裂かれそうになって駆け落ちをした。

二人は元の国から三つ離れた国へと逃げ延び、王弟殿下はそこで平民の騎士として身を立てながら元令嬢と静かに……そして心から愛し合いながら暮らしていた。

二人はとても仲睦まじく、王弟殿下と同じ銀色の髪と青い瞳の男児に恵まれる。王弟殿下の騎士としての活躍も認められ、家族の日々はこのまま平和に過ぎると思われていたが……。

ある日、それは一変した。

王弟殿下が隣国との諍いで戦死したのだ。

元令嬢は息子と二人の生活を支えるために必死に働き——職場だった酒場で暴力沙汰に巻き込まれて、あっけなく死んだ。

……たった一人の息子を残して。

それが『僕』が、ガザード公爵家に来るまでの人生の話。

前半の部分はガザード公爵から聞くまで、知らなかったのだけれど。

父も母もいなくなり、どうやって生きていけばいいのかと思い途方に暮れていた時に……ガザード公爵は現れた。

「私の息子になりませんか？」

『公爵』という高い身分を名乗りながらも僕に敬語を使う彼に、最初に覚えたのは不信感だった。けれど僕を引き取りたいその理由を聞いて、すぐに納得をした。

僕の父がいた国……ルンドグレーン王国の王子は、現在一人。エヴラール第一王子殿下だけだ。

しかしエヴラール王子殿下は病弱の身で、いつ儚くなってもおかしくない。

王妃陛下もご側室も呪われたかのように女児しか産めず、血の近い者から遠い者まで傍系が王位を得ようと不穏な動きを見せつつある。

そんな傍系の動きを制止するために、女王を据えられるよう法を変えようとの議論も持ち上がったのだが……。いろいろな思惑がある者たちがよしとせず、議論が持ち上がっては反発により取り下げられという状況が続いている。

頼みの綱の『第二王位継承者』である王弟殿下は、独自に彼を捜していたガザード公爵が居場所を突き止めた時には……すでに死亡していた。

しかし。王弟殿下は、僕という男子を遺していたのだ。

そんなことを、公爵は子どもにもわかりやすい言葉を選んで話してくれた。

「……どうして王家に渡すのではなく、公爵家に引き取られるのですか？」

最初に公爵に訊ねたのはそれだった。その話が本当ならば、僕は王家に渡されるのがふつうだろう。そうでなければ、母の実家である男爵家のはずだ。

「うん、王弟殿下に似て賢い方ですね。きちんと自分で考えられるのは素晴らしいことです」

僕の問いを聞き、ガザード公爵は嬉しそうに笑って頷いてみせる。その柔和な笑顔に反して、瞳の奥はまったく笑ってはいないが。……優しそうな顔をしているのに、なんとも食えない男。その印象は、彼をよく知った今でも変わっていない。

「貴方を王家に渡せば……王子殿下の立場を揺るがせたくない王妃陛下に、一瞬で殺されてしまうでしょう。だから私が陛下にナイジェル様を『隠す』ことを申し出たのです。大切な、第二王位継承者ですからね」

背中を冷たい汗が流れる。面倒なことに……僕はルンドグレーン王国の現状での『第二王位継承者』とやららしい。

ふと。気になったことがあり、僕は口を開いた。

「僕の母の家は……」

「ナイジェル様の母君の家はもうありません。王家の怒りを買ったのですから、これは仕方のないことです」

ガザード公爵はそう言うと、少し悲しげに目を伏せた。

……そうかもしれないとは思っていたけれど。実際に聞くとなんともやるせない気持ちになる。

「公爵は、僕を使ってなにをしたいのですか？」

明日の食事もままならないような状況だ。保護してくれるのなら、それは純粋にありがたい。

だけど——手に負えない面倒事に巻き込まれるくらいなら、飢えて死んだほうがましである。絶対にいいことなんてあるはずがない。

例えば公爵が……僕を使った国家転覆なんてことを企んでいたら。

さらし首になる自分の姿を想像して、僕はぞくりと背筋を震わせた。

「不穏なことは考えてはいませんよ。貴方が手元にいるだけで、ひとまずはよしとします」

公爵はそう言って、にこりと柔和な笑みを浮かべた。

その意外な答えに、僕は思わずきょとりとしてしまう。

「僕が、いるだけでですか？」

「ええ。情勢は常に変化するでしょう。王子殿下のお体が強くなるかもしれない。もしくは、王妃陛下やご側室が次々と男児を産むかもしれません。しかしそれはすべて不確定なことです」

なるほど、と思う。

なにかが欠ければ、別のなにかが必要になる。だから僕が必要なのか。

「健康になるかもしれない王子様や、未来に産まれるかもしれない王子様と違って。……もう存在する僕が欲しいと。いざという時に使えるものを手元に置いておきたい、ということですか」

僕の言葉を聞いて公爵はくすくすと笑い声を立てる。なんだ？　違うのか？

「それは理由の一つですね。別の理由も当ててみてください」

試すような言葉に腹立たしく思いつつも、僕は『理由』を考えた。

公爵は国を『このまま』にしておきたい人なのだろう。

ならば。たぶん、恐らく――。

「公爵は……王様の味方なのですよね？　王様の敵が僕を見つけて利用しないように、隠すため？」

「その通りです。いやぁ、賢い子だ」

公爵は嬉しそうに笑うとぱちぱちと手を叩いた。褒められているのか、バカにされているのかわからない。

だけど言葉通りに受け取るなら、僕は公爵のもとにいるだけでいいのか。

少なくとも、今の状況が大きく変わるまでの間は。

肩の力が抜けた気がした。ほんの、少しだけだけれど。

「殿下の存在は、国王陛下と私しか知りません。ほかには決して漏らさぬことを、お約束します。明かさなければならない時がきた場合は……別でございますが」

「それは、どうも」

半笑いでなんとか言葉を返す。僕の表情は動きにくいらしいから、公爵に伝わっているかは怪しいけれど。

公爵にとって、僕は生きていて欲しい人間なのだ。それは素直にありがたい。あとは人間らしい生活を……させてくれるといいのだけどな。

「衣食住や教育は保障しますので、ご安心ください。何事もなくエヴラール殿下が王位を継ぐことになる、もしくは王妃陛下やご側室が男児をお産みになれば。将来的には、ナイジェル殿下には自由な生活をお約束します」

僕の気持ちを読んだように、公爵がそんなことを口にする。

「自由な生活、ですか？」

「平民になって下町でパン屋を開きたい、なんて願いは残念ながら叶えてあげられません。しかし爵位を得て文官になるなどの、一般的な貴族としての生活はお約束できます」

「そう……なのですね」

「かく言う私も王家の血を引いておりまして。父が先王の従兄弟なのです。父はナイジェル様に次ぐ王位継承権を持つ身ですが、のんびりと隠居暮らしをしております。その程度の自由は、継承権の一位にならない限りは許されますよ」

継承権というものは、年功序列ではないらしい。王様の子どもや孫に優先的に権利が与えられ、そこから先は王様から数えて血の近い順に……という形なので、僕の方がガザード公爵のお父様やガザード公爵よりも継承権が上なのだそうだ。

「公爵のお父様や公爵は、王位に就くつもりはないのですか？」

ずっと貴族として生きてきた彼らの方が、僕よりも王様になるのにふさわしいはずだ。

……万が一のお鉢が回ってくることを回避したくて、ついそんなことを言ってしまう。

「父は高齢ですし、私にはガザード公爵家を守るという大事な役目がございますので」

「……そう、なのですね」

僕の『継承権二位』は、現状では揺るがないらしい。

彼が言っていることがすべて本当ならば。一番面倒なのは『奇跡』がなにも起きず、僕を王様に……なんて話になることだろう。僕は今まで、平民として育ってきたのだ。唐突に『王族だ』なんて言われても実感なんてちっとも湧かないし、王様をやりたいだなんて欠片も思わない。だって……王様が母との結婚を許さなかったから、二人とも死ぬことになったんだ。そんな人の役に立ちたいなんて思えない。『王様になれ』なんてことになったら、ガザード公爵には申し訳ないけれど遠慮なく逃げてしまおう。

公爵と事前に口裏を合わせ、『僕は公爵の不義の子』という体を装うことになった。

と言っても、口でわざわざ言いふらすわけじゃない。

公爵いわく『公爵がどこからか子どもを連れてきて養子にした』という事実だけで、噂好きの貴族という生き物は勝手に下世話な憶測をし、それを広めてくれるのだそうだ。便利というか……面倒というか。

『不義の子』ということにしておけば、数々の邪推は生まれるだろうが邪推の中に僕の正体が埋もれやすくなる。

僕の実態は立場がふわふわとした『王家の血を引く居候』なのだけれど、それは絶対に誰かに知られるわけにはいかないのだ。

だから公爵の実の娘にも、きちんとした説明はしないということになった。

「そうすると、あの子もきっと貴方のことを『不義の子』だと思い込むでしょう。気に病むと思いますし可哀想ですが……。ナイジェル様のお立場を知れば、あの子にも危険が及ぶかもしれない」

公爵はそう言うと、悲しげなため息をついた。

この食えない公爵は、娘に対しては心の底からの愛情を持っているらしい。彼にも人間らしさがあるのだと思うと、安堵の気持ちが心に広がった。一切腹が読めない人物と一緒に過ごすのは、さすがにつらい。

「あの子は優しく賢い子なので。不義の子だからといって、貴方に理不尽なことはしないでしょう。そこは安心してくださいね」

ガザード公爵はそう言って、にこりと笑う。

……公爵は、親馬鹿なのか。親の欲目に塗れた判断なので、これを鵜呑みにはできないだろう。

「二人きりの時以外は、私は貴方を『息子』として扱いますので。その無礼をお許しください」

「……無礼もなにも。僕は平民のようなものですので」

いきなり貴族すら飛ばして王族だと言われても、実感なんてものは湧かない。

「いいえ、ナイジェル様は王弟殿下の血を引く尊いお方です。それは努々忘れませぬように」

公爵は真剣な表情で、僕を見つめながらそう言った。

僕にとっては『王家の血』なんてものは面倒の元でしかない。

そう思いつつも、僕は素直に頷いた。『王弟』の息子だから、面倒事はあるにしても安定した生活を保障してもらえるのだ。

父が亡くなってからは一年。母が亡くなってからはまだ一ヶ月。

二人の死の悲しみから立ち直ってもいないのに、僕の環境は大きく変わろうとしている。

急激な変化が続きすぎて、心がまったくそれに追いつかない。

……僕はルンドグレーン王国で上手くやっていけるのだろうか。


馬車に乗せられ、一ヶ月半ほどをかけて国境を三つ越える。本来なら二ヶ月以上かかる旅程らしいけれど、馬をこまめに取り替え続けての贅沢な、そして急ぎでの道行きなのだそうだ。こんなに長く国を離れて大丈夫なのかと訊ねると、「優秀な代理をちゃんと置いておりますので」と公爵はおっとりとした笑みを浮かべながら言った。この腹黒が信用しているのなら、それはかなりの優秀な人物なのだろう。

僕の住んでいた街は、それほど大きな街ではなかった。

だからルンドグレーン王国の王都に着いた時には……本当に驚いた。

立派な建物が密集しており、人は多く怖いくらいに活気がある。人々の服装はなんだかお洒落で、大通りの屋台に出ている食べ物は見たことがないものばかりだ。

物珍しいそれらを馬車の窓からこっそり眺めていると、公爵になんだか面白がるような表情で観察されていることに気づいた。

「いや、賢く大人びた方だと思っていましたが。子どもらしいところもあるのだなと」

それはそうだろう、子どもなんだから。

少しむっとしながら窓から目を背けるとくすりと小さく笑われ、僕はさらに不機嫌になった。

「……なんですか？」


「……大きな、お屋敷ですね」

連れていかれた屋敷を見て、僕は呆然とした。

……なんなんだこれは、城じゃないのか？

縦は二階のみだけれど、横にとにかく長い白壁の優雅な屋敷。これは何部屋あるのだろう。ここに来る前に通った庭も、最初は庭と気づかないくらいに広かったな。

――僕の世界が、変わってしまうのだ。

威風堂々たる屋敷の威圧感に押されて、僕はごくりと唾を飲んだ。

「本当の家のように、ご自由に使ってください」

「いや、こんなの慣れませんよ」

「慣れますよ。人間は、慣れる生き物なのです」

公爵はそう言うと、黒い瞳を細めて笑う。この男はよく笑う男だ。その人がよさそうな笑顔にごまかされて、騙される人間も多いのだろうな。

「さて。あの扉を通った瞬間から、私たちは『父と子』です。準備はよろしいですか？」

「公爵は敬語を使わない、僕は公爵に敬語のままでいい。各自の呼び方は『ナイジェル』と『お父様』。僕は貴方の『不義の子』で当然それを恥じている」

小声で示し合わせた内容を復習する。

「はい、よく出来ました」

公爵は軽い口調で言うと、僕の頭をくしゃくしゃと撫でた。もう『父と子』の演技ははじまっているらしい。

旅の間僕たちを守ってくれていた護衛が玄関扉を開けると、先触れから主人の帰宅を聞いていた使用人たちがずらりと並んでいた。少し前の僕が着ていたものよりも上等な布地のお仕着せを着て、皆は静かに頭を垂れている。

……これが、公爵家の使用人たちか。

公爵は上着を脱がせに来た執事に、僕を示しながら二言三言と言づける。僕はその様子を、かなり緊張しながら見つめていた。

執事は僕の前に立つと、綺麗な動作で頭を垂れる。これは、どうしたらいいのだろう。正直とても焦るのだけれど。

「坊ちゃま、お部屋にご案内します。そしてお風呂とお着替えの方を。その後に食事になります」

この執事が僕のことをどう思っているかは、その静かな瞳を見てもわからない。

「わかりました、よろしくお願いします」

「坊ちゃま。使用人ごときに、そのようなもったいないお言葉遣いは結構ですよ」

「わかった。よろしく」

わかりづらいけれど、彼の表情がふっと緩む。この人は僕に『悪感情』は抱いていないらしい。

「ナイジェル。食事の前に娘に紹介するね」

「はい、お父様」

公爵はそう言うと、ひらひらと手を振り去って行く。

――公爵の娘。

僕と同い年と聞いたけれど、どんな子なのだろう。

公爵は『可愛い、可愛い』と聞き飽きるくらいに言うけれど、親の言うことだからな。

無表情で無愛想な僕のことを、僕の両親だって『可愛い』といつも言ってくれたのだし。

たっぷりの贅沢なお湯で旅の汚れを落とし、用意されていた上質な衣服を身に着ける。

旅の間も高価な衣服を公爵はくれたけれど、こういうものにはまだ慣れない。

メイドに案内されてその後ろについていくと、こちらも着替えを済ませた公爵が待っていた。

「さ、おいで」

手を差し出されて、少し困惑(こんわく)しながらそれを取る。優しい力で手を引かれるままに僕は歩いた。

連れて行かれた先は、パーティーが開けそうなくらいに広い居間だった。その中央に……細身のシルエットの黒髪(くろかみ)の少女が佇(たたず)んでいた。

人の気配に気づいた彼女は、こちらを振り向く。すると豊かな黒髪がさらりと揺(ゆ)れた。

動作が、とにかく美しい人だと思った。

顔立ちは少し地味だけれど、清楚(せいそ)で可愛らしい。そしてちょっぴり……いや、とても気が強そうだ。

手足は細く、かさばるドレスを着ていても彼女が華奢(きゃしゃ)であることが見て取れる。

少女は僕を見て——不思議そうに細い首を傾(かし)げた。

「ウィレミナ。今日から君の弟になるナイジェルだよ」

公爵の言葉を聞いて、少女は猫(ねこ)のような瞳を丸くした。

——僕にとって、これが運命の出会いだったのだ。

僕が公爵家に来てから、一ヶ月が経った。

公爵の指導が行き届いているのか、想像していたよりも公爵家の居心地はよい。そして、いい意味で予想に反して……姉様はとても素敵な人だった。

姉様が『不義の子』である僕を悪し様に扱う可能性も当然考えていたのだけれど、そんなことは一切なく。彼女はいつも強い口調で僕を叱るけれど、それは明らかに僕に非があることでだけだった。

理不尽を言われたことは、後になって思い返してもただの一度もなかったのだ。

「ナイジェル！　こんなふうにしていたら、みっともないと笑われるわよ。こんなことも出来ないの？」

今日もウィレミナ姉様は怒った口調で言いながら、僕の胸元に目を向ける。そこにはいびつな形になったアスコットタイがあった。今までタイなんて結んだことがなかったから、自分で結ぶとどうしても不格好になってしまうんだよな。

今度からは……こういう装飾品がない洋服を用意してもらおう。

そんなことを僕が考えていると……。

「お前はガザード公爵家の者なのよ。これくらいちゃんと結びなさいな」

眉間に深い皺を寄せながらウィレミナ姉様が近づいてくる。そしてアスコットタイに白い手を伸ばした。どうやらタイを結び直してくれるつもりらしい。

ふわりと甘い香りが漂い、姉様との距離がぐっと近くなった。僕たちは身長があまり変わらないから、僕の顔のすぐ近くに姉様の顔がある。気高く清廉な姉様の存在をすぐ側に感じ、心臓がうるさいくらいに高鳴った。

綺麗な指がタイを解き、器用に結び直していく。

姉様はなんでもできる。それは才能に寄りかかったものではなく、真摯な努力の賜物だ。僕は姉様のそんなところを尊敬していた。姉様自身はそんな自分を『凡庸だ』と悔しく思っているようだ。けれど努力で自分を高められる人は、姉様が思っているより少ないと思う。

「ちゃんと見ていなさいよ。そして覚えるの。いい？」

黒目がちな瞳が僕を捉える。それは夜闇のように深い色で、とても綺麗だ。

「どう、覚えた？」

「……まだ覚えられないので、もう一度結んで見せて欲しいです」

「もう、お前って子は。本当にダメな子なのだから！」

不満げに薄紅色の唇を尖らせながらも、姉様は綺麗に結んだタイを解いた。

姉様は優しいから、こうやってわがままを言っても大抵は受け入れてくれるのだ。

細い指がタイを再び結びはじめ、さらりとした黒髪が鼻先を掠めた。時折体が触れ合って、そこから姉様の熱を感じる。

姉様が近くに居るのが嬉しくて……僕は何度も何度もタイを結んでもらった。

そして最終的には本気で怒られて、少しだけ反省をした。

この頃にはもう、僕はウィレミナ姉様のことが好きだったのだ。

この優しくて温かな存在と共にいられるのなら——僕はなんだってしよう。

公爵に利用されることだって厭わない。

姉様にふさわしい存在になって……ずっと一緒にいたいんだ。

そう、思っていたのに。

僕は姉様を、守れなかった。

第三章　義弟の旅立ち、義姉の後悔

負った怪我は酷いものではなかったものの精神的なショックが大きかったらしく、姉様は熱に浮かされながら眠り続けている。医者はしばらくすれば回復し目を覚ますと太鼓判を押してはくれたけれど、心配なものは心配だ。

「……本当に、命があってよかった」

ガザード公爵は寝台に寝かされた姉様の手を握り、疲労の滲む声を漏らす。その憔悴しきった様子に罪悪感が刺激され、ずきりと胸が痛んだ。

僕が軽率にどこかに行こうだなんて誘ったせいで、姉様はこんな目に遭ったのだ。

僕は……姉様を守れなかった。

それどころか、守らなければならない人に守られてしまった。騎士気取りで毎日鍛錬をしていたくせに、それは現実の脅威の前ではなんの役にも立たなかった。

その情けなさと悔しさで——胸が張り裂けそうになる。

涙が瞳にせり上がりそうになるのを、僕は必死に堪えた。

泣いてなんかなるものか。これ以上弱い男にはなりたくない。

姉様の顔は紙のように白く死人のようで、その呼吸は荒い。

その痛ましい様子を見つめながら、僕は奥歯を強く噛みしめた。

「僕が油断したせいで、姉様が……」

「ナイジェル様のせいではありません。貴方はご自身のできる限りのことをし、ウィレミナの命を守ってくれました。本当に……二人とも無事でよかったです」

ガザード公爵はそう言って、僕の手を取って微笑む。その表情は、本物の『父親』のように優しさに溢れたもので、彼の心遣いに刺激され嗚咽が零れそうになった。

「さて、騎士学校へ入学する日が近づいておりますが。本当に、行かれるのですね」

僕の手を放し、顎に手を当てながら公爵が訊ねてくる。そう……騎士学校への入学がすぐそこまで迫っているのだ。

ガザード公爵は、僕の選択をいつだって尊重してくれる。けれど、騎士学校の入学に関してはよい顔をしなかった。僕はこの国にとっての、大事な『代替品』だ。ガザード公爵はずっと、僕の正体がバレないように細心の注意を払ってくれていた。それが僕が騎士学校に行くとままならなくなってしまう。だから本当はここにいて欲しいのだろう。その気持ちも理解できるのだが……。

――僕は、騎士になって姉様を守りたい。

姉様が数年後に入学する貴族の学園では、皆護衛として騎士を連れていくそうだ。学園での姉様の護衛騎士にまずはなりたい。

そして将来的には、ガザード公爵家の騎士団に入りたいと思っている。騎士団の上層に上り詰めることができれば、姉様に一生お仕えし守ることができるだろう。

その時に……。姉様の夫として側にいることができれば、それが最良だ。

最初は『姉様の憧れに近づくため』という動機で目指した騎士だったが、今ではそんなふうに考え方が変わっていた。

「騎士学校へ予定通りに行きます。そして我が身と、姉様を守れるように己を鍛えてから戻ります」

公爵をしっかりと見つめてそう返すと、彼は仕方ないなと言うように深いため息をついた。

「では、せめて最強の護衛を付けましょう」

……『最強』。

公爵のその言葉に少し嫌な予感を覚える。

「マッケンジー卿、話は聞いていましたね？」

公爵が部屋の入り口に向かって声をかけると、扉はノックもなく開かれた。そしてすっかり見慣れてしまったマッケンジー卿がひょこりと顔を出す。

「聞いていましたよ。そこのへなちょこを守りながら、騎士学校でも今までと同じように鍛えてやればよいのでしょう？」

マッケンジー卿はそう言って、にかりと明るい笑みを浮かべた。

たしかに彼は頼りになる。稽古をつけてもらうようになってから、その強さは実感として身に沁みていた。悔しいことに……僕はこの男の足元にも及ばない。

しかしだ。騎士学校のカリキュラムをこなしながら、今までと同じようにこの男に鍛えられたら……僕は死んでしまうんじゃないだろうか。

いや、これもきっと強くなるための試練だな。

「……貴方が僕の護衛ですか？　近衛騎士団団長というのは暇なのですね」

背中に冷や汗を垂らしながら、強がりを言ってみせる。

「王族を守るのが俺の仕事だ。これもちゃんとした業務だよ」

食えない男はそう言うと、快活な笑い声を立てた。

騎士学校への入学が明日に迫っている。しかし、姉様は未だ目を覚ましていない。

学校へ行く前に、姉様に守ってくださったことのお礼を言いたかった。

……そして、守れなかったことを謝りたかった。

一縷の望みを託して、僕は姉様の部屋へと行く。音がしないように注意しつつ扉を開けると、中からはふわりと花の香りが漂った。姉様はまだ目を覚ましていないけれど、メイドが気を遣って毎日花を変えているのだ。

姉様が起きた時にいつもと様子が違えば悲しむかもしれないから、とメイドは言っていた。優しい彼女は使用人たちにも好かれている。

分厚い絨毯を踏みしめながら、姉様が寝かされている寝台へと向かう。するといつもの通りに、寝息を立てる姉様の姿があった。

顔色は相変わらず悪いけれど、前よりも呼吸は落ち着いている。

……そろそろ、姉様は目を覚ますのかもしれない。

「姉様……今日のご気分はいかがですか？」

囁きながら姉様の頬に触れる。肌は仄かに温かくて、姉様の命が感じられてほっとした。

「僕は明日、騎士学校へ行きます。必ず強くなって戻ります。そして今度こそは姉様を守りますので――姉様の騎士にしてください」

ぽたりと姉様の白い頬に雫が落ちた。それが自分の涙だと気づく頃には、僕の頬はたくさんの涙で濡れていた。涙は止めたくても止まらない。僕はシャツの袖で、何度も何度も顔を擦った。

「ごめんなさい、姉様。資格はないかもしれませんが……貴女を愛しています」

屋敷に来てからのことを思い返す。

この屋敷に来た頃——僕は幸せにはなれないと思っていた。

僕は利用されるためだけに連れてこられた存在で、誰かの代替品だから。

家族としての愛情なんてものは、与えられないのだと思っていた。

けれど姉様が、僕に愛情をくれた。

姉様は『お前になんて愛情を注ぐわけがないでしょう！』と、照れながら否定をすると思う。

だけど僕にとっては、たしかに愛情だったんだ。

家族のように叱って、家族のように褒めてくれた。側に居たいと甘えると、仕方ないという顔をしながらいつも一緒にいてくれた。

姉様はいつでも優しくて、誇り高い素敵な女性だった。

「姉様、姉様」

白い手を取ってそれに頬を擦り寄せる。

姉様と再会した時、僕を取り巻く状況がどう変わっているかわからない。

だけど僕は、それをすべて跳ね返せるくらいに強くなる。

姉様を守れる男になったら……僕の本当の『素性』と気持ちを伝えるんだ。

姉様の長い黒髪を一束取り、鋏でほんの少しだけ先を切って紙に包む。女性の髪を勝手に切るなんて、バレたら怒られるかもしれないな。

これは騎士学校での、僕のお守りだ。

「姉様、行ってきますね」

僕はそう囁いて、姉様の柔らかな手の甲に口づけをした。

──意識の端に、ガタガタという馬車の遠ざかる音が引っかかった。

今日は来客があったのかしら。わたくしったらお出迎えもせずに……あら？　そう言えば、どうしてお出迎えをしなかったのだろう。

ふわりと意識が浮上し、瞼がゆっくりと持ち上がる。いつもの部屋の天井が目に入ったけれど、なぜかそれを見たのが久しぶりのような気がした。

「……う」

声を出そうとすると、喉の奥に引っかかって上手く出せない。手足も鉛のように重く、まるで自分のものではないみたいだ。

「あ……」

「お嬢様！」

もう一度声を出すと、わたくし付きのメイドの驚く声が近くでしてパタパタと忙しない足音が遠ざかっていく。ダメよ、そんなに足音を立てては。貴女はガザード公爵家の使用人で、わたくしのメイドなのだから。

しばらくすると複数人の足音が聞こえて……部屋の扉が少し乱暴に開かれた。

「ウィレミナ！」

部屋に響いたのはお父様の声だった。それはずいぶんと焦ったような声音で、困惑を覚えてしまう。なにかがおかしいわね。わたくしは今、どういう状況なのかしら。

「ウィレミナ、目が覚めたのか！」

お父様が眉尻を下げながらこちらを覗き込む。その姿は少し痩せたように見えて、わたくしは心配になってしまった。お仕事をお忙しくされすぎなのではないかしら……。

「……お父様、わたくし一体」

「薔薇園に行ったのは、思い出せるかな？　その後に起きたことも」

——覚えている。薔薇園に行った帰りに、わたくしたちは賊に襲われたのだ。

ナイジェルに助けられたあと、彼を庇って倒れ……。そのまま一週間ほど寝込んでいたらしい。

ずいぶんと長く寝込んだものだ。そういえばナイジェルは、どこにいるのかしら。

「お父様、ナイジェルは？」

「……彼は今日、騎士学校に行ったよ。ウィレミナのことを心配していたから、後で手紙で君の目が覚めたことを知らせようね」

「そう……。行ってしまったのね」

先ほど聞こえたのは、ナイジェルが騎士学校へ行くための馬車の音だったのね。

仕方がないこととはいえ、見送りと……別れの挨拶くらいはしたかったわ。助けてもらったことへのお礼も、きちんと言えていないし……。

『ナイジェル様』

お父様がそんなふうに彼を呼んでいたことを、ふと思い出す。その理由を考えるにつれて、どんどん顔から血の気が引いていった。

この国の三大公爵家である、ガザード公爵家。その家長が敬意を払う相手なんて――一つしかない。

ナイジェルはきっと、王家の誰かのお子なのだ。そして、事情があって我が家に隠されていた。

どうしよう、どうしたらいいのだろう。

お父様とちっとも似ていないナイジェル。最後までお母様を愛してるようにしか見えなかった、お父様。

そもそもが。お父様は、彼が『不義の子』だなんて一言も口にしていない。『事情があって彼を引き取ることになった』……たしかに、そう言ったのだ。

それを下衆ないやらしい勘ぐりで、『不義の子』だと解釈したのはわたくしだ。

間違いに気づき、それを正すためのヒントはいくらでもあったじゃないの。

手の先から、体が冷たくなっていく。震えが止まらず、どうしていいのかわからない。

震える理由は、ナイジェルが『やんごとない出自』だったからじゃない。

事情があって我が家に来た年端も行かない子どもを理不尽にいじめてしまったことを、はっきりと自覚してしまったからだ。

考えを改めて、姉として優しく接する機会なんていくらでもあったはずなのに……。

——どうしよう。ナイジェルに謝ることができなかった。

騎士学校では家族の面会すらも禁じられていることを思い出す。

手紙を送ることはできるけれど、騎士学校へ送られる手紙は送り手の身分にかかわらず検閲される。わたくしが妙な手紙を送ったら、お父様のナイジェルを隠す努力が水の泡になってしまうかもしれない。

「ウィレミナ、大丈夫かい？」

「お、お父様……。大丈夫です！」

気遣いの声をかけられ、わたくしは慌てて返事をした。するとお父様はほっとした顔をする。

「今のウィレミナは体が弱っているから、まずは回復しないとね。重湯からになるけれど、食事を取らないと」

そう言われて、一週間もまともな食事を取っていないことに気づく。

眠っている間にも流動食のようなものは与えられていたのだろうけれど……栄養は確実に足りていないわよね。

「……わかりましたわ、お父様」

ナイジェルの素性に気づいたことを、お父様に言うべきなのかしら。

――いいえ。聡明なお父様が、『明かさない』と決めていることなのだもの。わたくしは知らないふりをするべきよね。そう、今まで通りにするべきよ。

「早く元気になろうね」

お父様が優しく頭を撫でてくれる。

……ナイジェルもきっと、こんな家族の愛を求めていたはずよね。

それを思うと、わたくしはやりきれない気持ちになった。


ナイジェルが騎士学校に入学してからの二年は、あっという間に過ぎた。

騎士学校を卒業してもナイジェルは公爵家に戻らず。さらに一年が過ぎようとしている。

いくら忙しくてもこちらに一度も顔を見せないなんて。

やっぱり、わたくしという嫌な女が居るせいかしら。

窓の外を眺めながら大きなため息をつく。空は鉛のような色の曇天で、雲は分厚く今にも雨が降りそうだ。そんな辛気臭い空模様を見ていると、ますます気が滅入ってくる。わたくしはメイドに命じて、カーテンを閉めさせた。

騎士学校を優秀な成績で卒業したナイジェルは、マッケンジー卿直属の部下となった。だけどその所属は、マッケンジー卿が長を務める近衛騎士団ではないそうだ。近衛騎士団は相当の功績を認められた者しか入団できないから、いくら優秀でも新米騎士であるナイジェルの入団が許されないのは当然なのだけれど。王族と顔を合わせる機会が多い近衛騎士になると、『ナイジェルの存在を隠す』ことに不都合が生じるでしょうから……近衛騎士団への入団話が持ち上がっていたとしても、お父様が止めている可能性もあるわね。

義弟はマッケンジー卿のもとで任務を立派にこなしているようで、その評判は人々の口に上るようになった。

評判になっているのは騎士としての功績だけでなく、ナイジェルの容姿もだ。

ナイジェルの姿をたまたま目にした人々は『神々しいくらいに美しい』とその容貌を褒め称え、その噂は国中に広まっていた。

ガザード公爵家の『不義の子』は、年頃のご令嬢方が目を輝かせる憧れの貴公子となったのだ。

……昔はナイジェルの陰口を言っていた令嬢たちも、今は頬を染めてあの子の話をしている。わたくしに仲介までお願いしてくる始末だ。

三年顔を合わせていないのに——仲介なんて出来るはずがないじゃない。

あんなに小さかったのに、立派になったものね。そう思うとなんだか感慨深いものがある。

そんな『家族』のような感慨を抱くことは、わたくしには許されないことなのかもしれないけれど。

……ナイジェルは立派に成長している。比べて、わたくしの状況には大きな変化はない。ガザード公爵家のために日々のたゆまぬ努力を続ける。ただ、それだけ。

『姉様、なかなか手紙が書けず申し訳ありません。近頃寒いですがお体の調子はいかがですか？　お風邪などひいていないといいのですが……。暖かくして過ごしてくださいね。姉様が体調を崩したりしたら僕は悲しいです。マッケンジー卿にこき使われてなかなか帰ることができず、本当に申し訳ないです』

今朝届いたナイジェルからの手紙を読みながら、重いため息をつく。

ナイジェルは月に数度の頻度でわたくしに手紙を送ってきた。その内容はいつでもこちらの体を気遣う言葉で溢れており……読んでいていたたまれない気持ちになる。

最初は、彼からの手紙がきたことに驚いた。憎いわたくしに、どうして手紙なんて送るのだろうか……と。そして、読んでいるうちに気づいてしまった。

わたくしが彼を庇って怪我を負ってしまったから、妙な罪悪感を抱かせてしまったのだと。

騎士の任務には守秘義務が課されていることが多くある。重鎮であるマッケンジー卿と行動を共にしているナイジェルには、当然重たいそれが課されているのだろう。

手紙は父を通じてわたくしに渡され、任地などのヒントは一切書かれていない。

返信は父を通して出来るのだけれど……書くのは当たり障りのないことだけにしていた。騎士学校の時と同じく、守秘義務のある任務に就いた騎士の手紙は検閲される。迂闊なことを書くわけにはいかないもの。

守ってもらったことへの礼は、最初に送った手紙に書いた。けれど、謝罪だけは宙に浮いたままだ。

謝れないまま、季節ばかりが過ぎていくわね。

今さら謝られても、ナイジェルは困るだけかしら。

……わたくしは、どうすればいいのだろう。

「さて、返信をしないと」

ペンと便箋を用意して、文字を走らせる。

『わたくしは元気です、風邪などひいていないわ。ナイジェルこそ元気にしているの？

お前の体は国のものなのだから、病気には気をつけなさい。来年になればわたくしは学園に入学します。任務が忙しいお前とは、なおさら会えなくなってしまうわね』

手紙の中でさえ、わたくしの言葉には棘がある。

長年纏ったものはなかなか抜けないものだと、自分の文章を見て苦笑した。

そう、来年になればわたくしは貴族の学園に入学する。

学園に通っている間に、婚約者も本決まりになるのかしらね。

わたくしの婚約者候補の筆頭はテランス様のままだ。このまま彼と婚約し、結婚することになるのだろうか。

なんだか……いろいろ億劫だ。

わたくしはため息をつきながら、手紙を封筒に入れた。


「ウィレミナ嬢。なんだか元気がないね」

テランス様が麗しいかんばせに、こちらを気遣うような表情を浮かべる。

わたくしは、はっとしながら表情を引き締めた。ダメね、疲れが顔に出てしまうなんて。

「大丈夫です、お気遣いありがとうございます」

にこりと笑い、お茶を口にする。テランス様に気を遣わせてしまって……本当に申し訳ないわ。

今日はテランス様をガザード公爵家へお呼びして、二人だけのお茶会を開いている。

——お呼びして、というのは少々語弊があるけれど。

テランス様の方から『遊びに行きたい』とのお申し出があったので、お招きしたのだ。

わたくしたちも年頃なのでこういうことをすると、『婚約者がとうとう本決まりになったか』なんて噂になるのは目に見えているのだけれど……。テランス様とわたくしの関係は、相変わらずの『婚約者未満』だ。そんな噂が立つのは、少し困るのよね。

お父様に相談をしたら『別の婚約者候補とも、近い日取りでお茶をすればいいんじゃないかな。最近のウィレミナは疲れているようだし、たまには誰かとしゃべることも必要だよ』と言われてしまった。

疲れている、か。

そうよ、疲れているわよ。ぐるぐるぐるぐると『ナイジェルにいつ謝れるのだろう』って考え続けているのだもの！　しかも何年もよ！

まったく、ナイジェルったら。一度くらい家に帰ってもいいじゃない！　わたくしはともかく、お父様にはお世話になったでしょう！

……これは完全なる八つ当たりね。家に帰るも帰らないも、ナイジェルの自由なのだもの。

「ねぇ、ウィレミナ嬢。悩みがあるなら相談して欲しいのだけれど。将来夫婦になるかもしれない仲なのだし」

テランス様はそう言うと、首を少し傾げた。彼は年を重ねるごとに柔らかな印象の美貌に磨きがかかっている。ご令嬢が騒ぐ声の大きさも、年々音量が増しているわね。そしてそんな貴公子を、いつまでも『婚約者候補筆頭』として留めおいているわたくしへの批判も増している。

……仕方ないじゃない、家には事情というものがあるのだもの。

それに婚約者候補というのは、婚約者のように強制力があるわけではない。テランス様が望めば解消し、別のご令嬢とすぐにでも婚約することができる程度のものだ。

華やかなお噂が多いテランス様だけれど、候補の解消を口にされたことはない。

それどころか、こうして将来のことを時折仄めかされるのだ。

「弟がなかなか戻らないので、それが気になってしまって」

嘘を言っても仕方がない。わたくしがそう言うと、テランス様は少し困ったような顔をした。

「今、彼は忙しくしているみたいだね。噂は聞いているよ」

「ええ。喜ぶべきことだとは、わかっているのですけど……」

ふっと息を吐いて目を伏せる。胸の奥にじわりと寂しさのような感情が滲み出て、心を侵食した。

思わず深いため息を漏らしていると、そっと手が握られる。顔を上げるとテランス様がこちらを見つめていた。

「テランス様？」

「……憂い顔も可愛いけれど。笑っている貴女が見たいかな」

相変わらず、褒め言葉がするりと出てくるお方ね。そうね。二人でいるのに……ため息なんて失礼よね。

「そうですね。申し訳ありません」

謝罪をしてから笑ってみせる。するとテランス様も頬を緩めた。

「そう言えば。昨日、めでたい知らせがあったね」

ふと、思い出したようにテランス様が話題を変える。その『めでたい』知らせには当然心当たりがあったので、わたくしは笑みを浮かべながら頷いた。

「ご側室の第二王子殿下ご出産のことですね。本当に素晴らしいことだと思います」

そう、ご側室に男児が生まれたのだ。政略結婚で結ばれた王妃陛下とは冷めたご関係だと聞く国王陛下だけれど、子爵家の出であるご側室のことは溺愛している。側近たちに突かれても、側室が増えないのはそれが理由だ。そのご側室が、昨日第二王子殿下を出産されたのだ。

この国の王子は、病弱であるエヴラール殿下だけだった。第二王位継承者だった王弟殿下は駆け落ちをし……数年前にその死が発表された。王家に一番血が近い傍系は、ガザード公爵家なのだけれど。先王の従兄弟であるわたくしの祖父はもう高齢で、その息子であるお父様は『表』に立つことを望んでいない。

——ナイジェル。

彼はこの国にとっても、裏方を望むガザード公爵家にとっても、『都合のいい』存在なのだろう。

ナイジェルは……。第一王子殿下がいなくなり、第二王子殿下が誕生しなかった場合の『スペア』として呼び寄せられたのでしょうね。継承権は直系優先だ。第二王子殿下が生まれた今、その継承権は三位まで後退はしたけれど。まだまだ、彼の状況が大きく変化する可能性はあるだろう。

第一王子殿下を王位にと望んでいる王妃陛下が……第二王子殿下に対してなにもしないとも思えないし。お父様がナイジェルの正体を隠し、王宮に置かない理由もそれだろう。

彼の平穏な未来のためにも、情勢が落ち着いてくれるといいわね。

「これで、王家の未来も安泰だね」

「そう……ですわね」

テランス様の言葉に、わたくしは曖昧な笑みを浮かべてしまった。

貴族の学園への、入学が近づいている。ナイジェルと会わなくなって、もう四年だ。

「家を離れるというのは、なかなか面倒なものなのね。なにを持っていくかなんて選べないわ」

「そうですねぇ。面倒ですけれど……楽しいこともきっとたくさんございますよ、お嬢様」

荷物の選別をしながら漏らすとメイドのエイリンにくすりと笑われた。彼女は子爵家の三女で、わたくしが幼い頃からお付きのメイドをしてくれている。わたくしが心を許している使用人だ。

「エイリンは、学園生活は楽しかった？」

思わず子どものような口調で訊ねると、エイリンは何度も頷いた。

「お友達と毎日一緒に過ごすのは楽しかったですね。私はしがらみのない身分だから、というのもあるでしょうけれど」

「しがらみ……そうよね」

「いえ、楽しいです！　きっと！　努力家のお嬢様ですもの！　学園でもきっと上手くやっていけます！」

エイリンは励ますように言ってくれるけれど、『しがらみ』があるわたくしにとっては毎日気の抜けないお茶会やパーティーに行くみたいなものなのよね。それを思うと、気分が落ち込むわ。

「わたくしの護衛はどんな方になるのかしら」

学園に連れて行ける使用人の数はその身分に応じて決まっている。

わたくしの場合は、使用人二人と護衛一人を連れていけることになっていた。

使用人はエイリンと、エイリンの夫であるフットマンのロバートソンを連れて行くことが決まっているのだけれど……。

わたくしの身を守る護衛騎士が——まだ決まっていないのだ。

「ガザード公爵家のご息女の護衛ですもの。きっと慎重に選んでいるのでしょうね」

「そうね。そうかもしれないわ」

マッケンジー卿……ということはないわよね。彼は近頃とても忙しそうだもの。

ナイジェルは、もっとないわね。頭角を現してきたとはいえ、駆け出しの騎士がガザード公爵家の娘の護衛になることはないだろう。

……それに、彼に守られるのは違うわよね。

ナイジェルは『やんごとなき身分』の持ち主なのだから。命を賭して守るのは、本来はわたくしたち臣下の役目なのだもの。

ため息をついて、思考を打ち切る。

そしてわたくしは、荷物の選別へ意識を戻した。

第四章　義弟との再会、そして学園へ

学園への入学も明後日に迫り。なのに一向に決まらない『護衛騎士』にやきもきとしていたわたくしは、お父様の執務室に呼び出された。

「ウィレミナ、護衛騎士が決まったよ」

開口一番発せられたその言葉に心底から安堵を覚える。わたくしの身分で学園内を護衛もなしに歩くのは、襲ってくれと言っているようなものだ。

「安心しましたわ」

胸に手を当てて息を吐くわたくしに、お父様は微笑みながら頷いてみせる。もう、そんな呑気なお顔をして！

「選別にずいぶんと時間がかかってしまって、すまないね」

「本当ですわ、お父様。わたくし護衛もなしに学園に入るのかと、不安になっておりましたのよ！」

我が家の家格だと人選に時間がかかるのは理解できる。だけどここまで引っ張るのは、やっぱり異常だ。本当に不安でいっぱいだったのよ！

「……不安な気持ちにさせて、すまなかったね」

眉尻を下げてそう言われてしまうと、わたくしはそれ以上なにも言えなくなる。お父様はずるいわ。

「彼が本当に君を守れるのか。マッケンジー卿からのお墨付きが出るまで、ここまで時間がかかってしまってね」

彼？　マッケンジー卿？

わたくしの護衛騎士はマッケンジー卿の部下なのかしら。ならば時間がかかったことにも、多少の納得はできる。マッケンジー卿は完璧主義者だ。自分の責任で部下を送り出す際には、入念な確認をすることを怠らないだろう。

「それで、その『彼』は？」

「うん、もう来ているよ。入っておいで」

お父様が執務室と続きになっている部屋に、明るい調子で声をかける。

なんだか気軽な雰囲気ね。もしかして、お父様も親しい方なのかしら。

「……はい」

扉が開け放たれている隣室から――声が響いた。

低くて男らしく、そして澄んだ声音だ。なぜかその声が懐かしいように感じて、ひどく胸騒ぎがした。

わたくしのいる場所からは『彼』の姿は見えない。

執務室に近づいてくるコッコッと低い足音。それはなぜか……不安と恐怖をかき立てる。

そして『彼』はわたくしの前に現れた。

以前より美しく、そして男らしい姿になった――わたくしの義弟『ナイジェル・ガザード』が。

「どうして、お前がわたくしの護衛になるの？」

掠れた声が、唇から零れる。

ナイジェルは身を震わせるこちらの様子には構わず大股で近づいてくると、わたくしの手を取った。

「ウィレミナ姉様。お久しぶりでございます」

美しい銀髪がさらりと頬を流れて、青の瞳がわたくしを見つめながら少し眩しそうに細められる。手の甲へ軽く唇を落とされ、肩がびくりと跳ねてしまった。

――義弟が美しすぎるわ。

なんなの、この理想の貴公子の具現化のような美貌は！　昔と変わらず、表情はとにかく薄いけれど。

そんなお顔なくせに体はしっかり逞しくなり、わたくしの頭一つ分は背が高くなっている。これからも伸びていくのかしら。ナ、ナイジェルのくせに！

わたくしなんて、地味なまま成長してしまったのに。

……お胸も大きくならなかったわね。なんなのよ、この差は。

「ど、どど、どうして、お前なの？」

令嬢らしからぬ上ずった声を上げると、ナイジェルにくすりと笑われた。

それが恥ずかしくて、頬がかっと熱を持つ。

「私が、それを望みました」

『僕』だった一人称は、大人らしく『私』に変わっている。そう言えば手紙でも、近頃は『私』だったわね。いえ。この子は今、なんと言ったの？

「お前が、望んだ？」

「今度こそは貴女を守りたいと……そう望みました。ずっとお側で守らせてください、姉様」

その言葉を聞いて、わたくしは頭を殴られたかのような強いショックを受けた。

あの日、ナイジェルを庇ったことを――わたくしは後悔していない。

だけど。わたくしが彼を守ったことで罪悪感を心に植えつけ、彼の将来を歪めてしまったのだとしたら……。

学園生活は三年間もある。その三年間は、自身の将来に繋がるようなもっと大事なことに使うべきなのではないの？

それにナイジェルは、『やんごとない』身の上で——。とにかく、自分を虐げていたわたくしなんかの護衛をするべきじゃないのよ！

「バカなことを言わないの。わたくしのことなんか放っておいて、自分の人生をきちんと歩みなさい」

「私が望んだことです。後悔なんてしておりません」

少し不快そうにナイジェルは眉間に小さな皺を寄せる。その表情を見てわたくしがまた口を開こうとした時——。

「積もる話もあるだろうけど、まずは入学の支度をしなさい。ナイジェル、学園の構造を説明するから頭に入れておくといい」

わたくしたちの様子を見守っていたお父様が、そう口を開いた。

「ですが、お父様……」

ナイジェルが不服そうに口を開く。その拗ねたような表情は昔のナイジェルを彷彿とさせて、わたくしは少しだけほっとした。

「ナイジェル。いい加減可愛いウィレミナの手を放してあげてくれないかな？」

お父様の言葉でわたくしは片手を握られっ放しであることに気づいた。

ナイジェルの手はわたくしの手を包み込むほどに大きくて、傷だらけで決して優美な手ではない。それだけ、騎士としての訓練や任務を頑張ってきたのよね。

わたくしはつい、ナイジェルの手を握られていない自由な手で撫でていた。深さを感じられるくらいの大きな傷を、そして表面に多くついた小さく細かな傷をなぞる。

「……お前は、頑張ったのね」

昔の義弟の手は、嫉妬したくなるくらいに優美なものだった。それが剣の鍛錬をはじめたあたりから、痛々しいくらいに様々な生傷がついた手になった。そして今では古傷が勲章のように見える、逞しく頼りになる手になっている。

――義弟は、大人になったのだ。

その事実になぜだか、胸がいっぱいになってしまう。

「立派に……なったのね」

そんな言葉が口から零れる。それを聞いたナイジェルは、その青の瞳を瞠った。

部屋に戻ってから、わたくしは大きな息を吐いた。

――まさか、こんな形でナイジェルと再会するなんて。

心の準備がまったくできていない状況で義弟と会うことになり、わたくしは完全に動揺していた。

……彼への謝罪を、忘れるくらいに。

あの時のお礼も、面と向かってきちんと言わないとと思っていたのに！

わたくしったら、本当にどうしようもないわ！　それが一番大事なことじゃないの！

ため息をつきながら、図書室へと向かう。学園に持っていきたい本があったのだ。

この図書室とも、しばらくお別れなのね。

図書室に入ったわたくしは、そんな感慨を覚えた。この広い図書室には思い出がたくさんある。出来がよくないわたくしは、自習のために図書室への出入りが多かったものね。

ナイジェルが来てからは、彼とここで過ごすことが多くなった。好奇心旺盛な義弟には、たくさんの質問をされたっけ。

「……小さい頃のナイジェルは、本当に質問ばかりだったわね。納得するまでずっと同じことを訊いてくるんだから、本当に困ったわ」

すっかり立派な騎士様然としたナイジェルを思い浮かべながら、わたくしはつぶやいた。

昔の愛らしさしかなかった義弟と、今の義弟が自分の中でなかなか綺麗に繋がらない。

だけどあの穏やかな青の瞳は、変わらないわね。昔と変わらず、綺麗な青だ。

「思い出に耽っている場合じゃないわね」

目当ての本を探し、それに手を伸ばそうとする。しかしそれは書架の上の段にあり、なかなか手が届かない。台を探して持ってこようと思い、手を引っ込めた時……。

「姉様、この本ですか？」

耳元で低い声が聞こえて、肩に手を添えられた。そして覆いかぶさるようにして、背後から本へと手が伸びる。頭に厚い胸板が当たり、耳には衣擦れの音が聞こえる。

「ナ、ナイジェル？」

「はい」

名前を呼ぶと返事をされて、わたくしは少しほっとした。

「ナイジェル、驚かせないで」

窘めるように言って振り返ると、想像以上にナイジェルとの距離が近かった。びくりと身を震わせて一歩後ろに下がろうとするけれど、すぐに本棚に背中がついてしまう。

ナイジェルはその整った顔でわたくしを見つめた後に……心底嬉しそうに破顔した。

「……お会いしたかった」

さらに思いもしなかった言葉を重ねられ、わたくしの目は丸くなってしまう。

会いたかった？　わたくしに、ナイジェルが？

見上げれば、蕩けたような甘い表情のナイジェルと視線が絡み合う。

心臓がどくどくと妙な音を立てて、なんだか気持ちが落ち着かない。

「……会いたかった？　お前は、わたくしを憎んでいるのではなくて？」

「憎んでいる？　なぜ？　姉様は私に、ずっと優しくしてくださったのに」

ナイジェルから発された意外な発言に、目が零れ落ちんばかりに開いてしまう。そんなわたくしを見つめながら、ナイジェルは実に不思議だという表情で首を傾げた。

……優しい？　誰が？

「わ、わたくし、ずっとお前につらく当たっていたじゃない」

「あれがですか？　愛あるお叱りにしか思えませんでしたが」

「な、なんですって！」

あの頃のわたくしけ本気でやっていたのに！　この子は昔から鈍いところがあるけれど、ここまでだなんて。いえ、憎まれているよりは……いいのだけれど。本当に、ナイジェルはわたくしを憎んでいないの？

「……ナイジェル」

傷だらけの手を取れば、義弟の怜悧な美貌に似合わず温かい。胸がいろいろな感情でいっぱいになり、鼻の奥がつんと痛くなって瞳からは涙が零れ落ちた。

繋いでいない方の手が、わたくしの頬に恐る恐るという様子で触れる。その手は遠慮がちに、頬を流れる涙を拭った。義弟に視線を向けても視界は涙でぼやけており、その表情はわからない。けれど、ナイジェルが動揺していることはその気配で察せられた。

「ずっと、誤解をさせていたのですね。もっときちんと、姉様への感謝をお伝えしていればよかった」

ナイジェルは落ち込んだ声で後悔を口にしながら、壊れ物を扱うような丁寧さで何度もわたくしの涙を拭う。……本当に、優しい子なんだから。

「馬鹿ね。わたくしを憎んでいないなんて」

「憎むことなんてできません。姉様は……私の大切な方なんですから」

ナイジェルの『大切』という言葉に、はっと胸を衝かれる。

血が繋がっていなくても。やんごとなき身の上だとしても。

この子はわたくしの『弟』で、わたくしを『姉』として慕ってくれているのだ。

この純粋な想いに応えるためにも、これからはちゃんとした姉にならないといけないわね。そんな想いが、胸に強く刻まれた。

ちゃんとした姉になる第一歩として……ナイジェルに過去のことをきちんと謝らないと。

涙を手のひらで拭うと視界が明瞭になり、心配そうな義弟の顔が目に入る。安心させるために微笑んでみせてから、わたくしは口を開いた。

「ずっと、謝りたいと思っていたの。なにか事情があって我が家に来た子どもに、わたくしはなんて酷いことをしていたんだろうって。ナイジェルが気にしていないと言ってくれても、謝らなければいけないわ。……ごめんなさいね、ナイジェル」

青の瞳を見つめながら、しっかりと謝罪をする。するとナイジェルは……なぜか複雑そうな表情になった。

「謝らないでください。姉様はなにひとつ、酷いことなんてしていないのですから」

「いいえ、酷い姉だったわ。これからはもっと……いい姉になることを誓うから」

「いい姉に、ですか」

「ええ、そうよ？」

「それは……少しばかり困るのですが」

もごもごと告げられた言葉を聞いて首を傾げる。わたくしがいい姉になると、なにか困るのかしら。

「あら。意地悪な姉の方がよかったの？」

「いいえ、そういう訳では……」

『そういう訳では』なんて言葉と裏腹に、義弟の顔は不服そうなものだ。

「ふふ、おかしな子ね。どうしてそんな拗ねた顔をしているのよ」

手をうんと伸ばすと、高いところにある頭がそっと下りてくる。銀色の髪を優しく撫でると、ナイジェルは納得ができないという表情をしつつも気持ちよさそうに瞳を細めた。

これからはこうして、たっぷりと甘やかしてあげたいわね。彼は、わたくしの大事な弟なんだから。

「ナイジェル。あの時は守ってくれてありがとうって、ちゃんと言えていなかったわね」

謝罪は言えたけれど、お礼がまだだった。そんなことを思い出し、頭を撫でながら礼を口にする。

「いいえ。結局は……ちゃんとお守りできませんでしたし」

ナイジェルは悔しげな口調で言うと、唇を強く噛みしめた。そんなに強く噛んだら、血が出てしまうんじゃないかしら。

「そんなに噛んではダメよ」

「あ……。そう、ですね」

ナイジェルがしゃべるために口を開くと、噛んでいた場所がやっぱり赤くなっている。

心配になり紅い唇に残った痕を指でひと撫ですると、ナイジェルの目が丸くなった。

……ダメね。昔の癖が抜けずに、つい子ども扱いをしてしまうわ。

「ねぇ、ナイジェル」

「は、はい。なんでしょう、姉様」

ナイジェルの声は、なぜだか少し上ずっている。頬も少し赤いわね。……風邪を、ひいていないといいのだけれど。わたくしは少し首を傾げながら、訊きたかったことを口にした。

「本当に……あの時のことを負い目に感じて、護衛騎士になったのではないの？」

「違います！」

きっぱりと言い切られて、ひとまず安堵する。わたくしのせいでナイジェルの将来を捻じ曲げたんじゃないかという心配は、本当に杞憂らしい。それはそれで、どうしてわたくしの護衛騎士になろうなんて思ったのだろう……という疑問は残るけれど。

「姉様」

彼はわたくしの手をしっかりと握り、その場に片膝をつく。そしてこちらを真剣な表情で見上げた。

「……姉様。強くなって貴女をお守りしたいと、そして貴女の隣に立ちたいと、ずっと思っておりました。そのために私は騎士となったのです」

「ふふ。わたくしを守りたいなんて、おかしな子ね」

「姉様お願いです。貴女からのお言葉がほしい。私を姉様の騎士にしてください」

こちらを射貫く青の瞳に、心臓がどくりと音を立てる。

すごいわ。これは多くの令嬢たちが憧れる、『貴女の騎士になりたい』というシチュエーションじゃない。

相手が義弟なのが、なんとも言えない気持ちになるけれど。

「いいわ、ナイジェル。お前がほしいと言うなら……ちゃんと言葉をあげる」

少しだけ深呼吸をして、わたくしは口を開いた。

「ナイジェル・ガザード。わたくしの剣となり、盾となり、わたくしのために戦いなさい。お前は、わたくしの騎士なのだから」

心の中でこっそりと『やんごとなき我が身を守るためにも使うのよ』と付け加える。これは大事なことだ。

ナイジェルは瞳をわずかに潤ませた後に、世にも美しい笑みを浮かべる。

「……私の主人。私は貴女だけの剣です。貴女を守るためだけの盾です」

そしてそう囁き、わたくしの手の甲にしっかりと口づけをした。

「とうとう学園へ行くのね」

馬車に詰め込まれた荷物を眺めながら、わたくしはしみじみとつぶやいた。

しばらく家には戻れないのね。それが寂しいと思ってしまうのは、甘えかしら。

「姉様。いよいよですね」

なんだか楽しそうな声音でナイジェルが声をかけてくる。わたくしの護衛なんて、そんなに楽しいものではないと思うのだけれど。特にマッケンジー卿のもとで、もっと素晴らしい任務に携わったのだろう義弟にとっては。

そろそろ出発の時間だ。馬車にわたくしが目を向けると、ナイジェルがそっとエスコートをしてくれる。

その紳士的な仕草にも、彼の成長を感じてしまう。

馬車にわたくしたちが乗り込んだところで、お父様が慌てた様子でやって来た。ご公務

で忙しいのだからお見送りはいいと言ったのに……。

「お父様。今日もお忙しいのでしょう？」

「いくら忙しいと言ってもね。娘の旅立ちを見送るくらいはできるよ」

馬車の窓から声をかけるとお父様はそう言って苦笑する。

優しいお父様にしばらく会えないのだと思うと、胸の奥が痛くなった。

「お手紙、たくさん書きますわ。年に一度の長期休暇の際には、必ず帰りますから」

「うん、楽しみにしているね。私の可愛いウィレミナ」

お父様と使用人たちに見送られる中、馬車がゆっくりと動き出す。

「寂しいわね」

小さくぽつりと漏らすと、隣に座っていたナイジェルがそっと手を握ってくれた。

そうね。わたくしの家族は──隣にもいるのだわ。

公爵家の屋敷から馬車で五時間ほど。

王都から少し離れた中規模の都市に貴族たちの通う学園『エイリール』はあった。

じゅうぶんな敷地面積を確保するために、学園は王都から少し離れた場所にある。令嬢令息だけではなく、その使用人まで収容するのだから広さは必要よね。

馬車酔いでくらくらとしながら学園にたどり着き、ナイジェルの手を取って馬車から降りると……。

同じく入学のために正門周辺にいた生徒たちの視線が、一気に突き刺さった。

最初は美しすぎる護衛騎士に。次に、ガザード公爵家の馬車から降りてきたわたくしに。

「ガザード公爵家の、ウィレミナ様よ」

「あの騎士様は、義理の弟君の……」

「ナイジェル様がウィレミナ様の護衛に？　どうしてなのかしら」

「ああ、あれがお噂の氷の騎士様……！　なんて美しい方なの」

「ご婚約者はいらっしゃらないのよね？　わたくしを見初めてくださらないかしら」

そんな声がさざめきのように起こり、わたくしが一瞥すると一気に消える。

そして蜘蛛の子を散らすように生徒たちは散り、遠目でこちらを見るばかりになった。

皆、ガザード公爵家の娘の不興を買うのが怖いのだろう。

そもそもが、『不興を買うようなこと』をしなければいいだけの話なのに。

……そう思うと、少し腹が立つわね。

「姉様。ずいぶんと怖がられているようですね」

「わたくしがではなく、ガザード公爵家がよ。だけど、まるで悪魔のような扱いね……本当に失礼だこと」

そう言ってぎゅっと目をつり上げるわたくしを見て、ナイジェルはふっと笑う。

「姉様が学園で孤立した場合……。私が姉様の時間を独り占めできますね」

耳元でそんなふうに囁かれ、わたくしは目を瞠った。こんな言葉を、この子はどこで学んできたのかしら。

「わたくしを独り占めなんてして、どうするのよ」

「そうですね。まずは会えなかった四年間の空白を埋めます。守秘義務がある任務のお話以外なら、いくらでもできますよ。私も姉様の話が聞きたいです」

「お前ったら……」

正直、空白の四年間の話は気になるわね。

……この子はわたくしといない間、どんなふうに生きていたのだろう。

「マッケンジー卿の寝相が悪い話や、好む食べ物の話なんかもできますね」

「それは、ぜひ聞きたいわね」

マッケンジー卿は寝相が悪いの？　なんて可愛いのかしら！

再婚、なんて話も今のところ出ていないのよね。あんなにも素敵な方が、これからの一生を一人でいらっしゃるのかしら。

「……姉様はマッケンジー卿の話にすぐに釣られるな。少し妬けます」

ナイジェルは拗ねたように言って唇を尖らせる。そんなに姉と話したいなんて、変わった子だわ。

「お前の話も、聞きたいと思っているわよ？　たくさん聞かせてくれると嬉しいわ」

……今さらながらに、大事な家族だと気づけた義弟のことだもの。どんな生活を送っていたのか、ちゃんと知りたいわ。

わたくしの言葉を聞いたナイジェルはなぜか少し沈黙する。どうしたのかしらと見つめていると、彼は口元を少し緩めた。

「姉様。その、嬉しいです」

ナイジェルの白い頬が赤く染まる。その色香に気圧されて、わたくしは思わず後ずさろうとした。

けれどエスコートでナイジェルに手を取られているので、上手く距離が取れない。

「ナイジェル。……その無駄な色気をしまいなさい」

「無駄な色気、でございますか？」

きょとりと無邪気に首を傾げられ、なんだか腹が立ってきて……。

手を伸ばしてぺちりとおでこを軽く叩くと、なぜか嬉しそうに微笑まれてしまった。

寮の部屋に着くと一足先に屋敷を出ていたエイリンとその夫のロバートソンが、家具の設置をしている最中だった。家具は屋敷から持ってくるわけにはいかないし、備え付けを使うことも想定されていない。

三大公爵家の娘が、他人が一度でも使ったものを使うわけにはいかないのだ。

実は備え付けでも気になる性質ではないのだけれど。そんなことを言い出したら、人様の家になんて泊まれないわけだし。

……だけどここでは、体面上必要なことだと思っている。

「あっ、お嬢様。到着されたのですね」

作業を中断してエイリンとロバートソンが頭を下げようとする。それをわたくしは「大丈夫」という意思を込めて軽く手で制した。付き合いの長い二人はそれで察し、作業を再開してくれる。

「学園勤めの使用人が、後ほど荷物を運んでくるわ」

この学園には専用の使用人たちがいる。下位貴族の場合だと使用人を連れてこられない場合があるし、このように手が足りない時もあるものね。

と言っても屋敷から連れてきた使用人のように気軽に使えるわけではなく、ある程度の節度は求められている。この学園は王立で彼らは王宮からの派遣なのだから、当然のことだ。

彼らは貴族の家の出の者が多く、さんざん顎で使った後に自分よりも上位の家の者だったと知って後の祭り……なんて事例も毎年尽きない。

……そういう見極めも、貴族には大事よね。

「大丈夫ですよ、お嬢様。段取りは頭に入っておりますので」

「ふふ、さすがエイリンね」

「そんなに褒められると照れますよ、お嬢様」

わたくしが褒めると、エイリンははにかんだ顔をした。

「荷物がやってきたら、力仕事は騎士様に任せてもいいわよね？　エイリンたちだけでは、きっと大変だもの」

姉様が無邪気に言いながら腕を絡める。体同士がふわりと触れ合い、心臓がどきりと跳ねた。

……姉様、勘弁してください。

義弟だからと油断しているのでしょうけれど……。そんなことをされたら、どうしていいのかわからなくなります。

姉様は自分に向けられる好意に——とても疎い。

それは人の行動には『裏』、もしくは『利害が絡む理由付け』があると解釈することを、幼い頃から習慣づけられていたせいだろう。姉様の周囲にはそれだけ『敵』や『利害』で繋がっている人々が多いのだ。

エイリンやガザード公爵のような、完全に敵意や利害と切り離された人物はその警戒の壁の内側のようだが。そして私もようやく、警戒の壁の内側に置いてもらえたのだと思う。

ただしそれは『弟』としてだけれど。

……ガザード公爵家の令嬢なのだから、姉様の習慣に裏打ちされた感覚は仕方ないことなのだ。

だけどそれは——寂しいことだとも思う。

「……ナイジェル、どうしたの？」

私が沈黙していると姉様が首を傾げながら声をかけてくる。その瞳の奥に揺らめくのは、明らかな不安だ。

姉様は人に心を許すことに慣れていない。それをやっと許してくれつつあるのに、また離れて行かれるのは困る。

私は不安を解きほぐすように、にこりと微笑んでみせた。

「申し訳ありません。少し考えごとをしてしまって」

「もう。側に守るべき相手がいるのに、ぼーっとするなんて。ダメな子ね」

姉様はどことなくほっとした様子で息を漏らした後に、頬を膨らませる。

そんな姉様を見ていると、痛いくらいに胸が高鳴った。

──姉様は長い間、私に憎まれているという勘違いをしていた。

好意は態度で示していたつもりだったが、それはまったく伝わっていなかったらしい。もっとたくさん話をしていれば姉様は何年もの間悩まずに済んだのだと思うと、後悔の念は尽きない。その誤解も姉様の警戒も解け……私は胸を撫で下ろした。

警戒を解いた姉様は、なんて愛らしいのだろう。今までも愛らしかったのだが、その濃度が上がっているというか……。

好きだ。愛おしい。私は姉様のお隣に一生いたいのだと、今すぐに告げてしまいたい。

『愛しています、ウィレミナ姉様。私と結婚してください』

出かかった言葉を必死に呑み込む。これを伝えるには、まだ早いのだ。

──伝えるためには、まずはガザード公爵との『約束』を果たさねば。

……時は、学園への出発前日まで遡る。

「こんな時間にどうしたんだい、ナイジェル」

夜遅くに執務室を訪れた私に、ガザード公爵は訝しげな顔を向けた。

「ご相談したいことがありまして、お時間を少しいただければと。……人払いもお願いしたいです」

『人払い』の部分は小声で告げる。するとガザード公爵は、目を丸くしながら頷いた。執事を呼んで紅茶を用意させてから、内々の話があるからしばらく部屋には誰も通さないようにと彼に告げる。

ガザード公爵は椅子を勧めると向かいに座り、姉様に似た深い黒の瞳で私を見つめた。

「さて。なんのご用件でしょうか、ナイジェル様」

――『父親』ではなく『公爵』の顔で、ガザード公爵が会話の口火を切る。私はこくりと唾を呑んでから口を開いた。

「……第二王子殿下は、健やかに成長されておりますね」

「そうですね、ナイジェル様。とても素晴らしいことです」

「第一王子殿下もいらっしゃいますし、私にお鉢が回ってくることは、おそらくないのではないですか？」

エヴラール殿下は病弱ではあるが、現状は命に別状があるという話は聞いていない。第二王子殿下がまだ幼いこともあり、ひとまずは彼が王位を継ぐのではないだろうか。それが、世間で言われていることだ。

……健康体である、第二王子殿下を持ち上げる派閥も出るだろうが。

王宮での権力闘争に関しては、私が関与できることではない。いい落としどころに落ち着くことを願うだけだ。

「その可能性が減ったことは否定しません」

ガザード公爵は穏やかな笑みを浮かべながらも、私から視線を外さない。穏やかだけれど、些細なことも見逃すまいとするその目に……心の奥まで見抜かれてしまいそうな錯覚が起きる。

「情勢がひとまずは進展したことですし。将来の話をさせてほしいのです」

「……と、言いますと？」

「私はウィレミナ姉様を女性として愛しています。私の素性を明かし、姉様に求愛するご許可をください。姉様の婚約者に私はなりたい。そしてガザード公爵家を継ぎ、女公爵となるであろう姉様を隣でお支えしたいのです。ガザード公爵は、姉様に跡を継がせるおつもりですよね？」

負けじと視線を逸らさず、きっぱりとした口調でそう告げる。すると公爵の瞳が……瞠られた。

「なるほど、そういうご要望ですか。……ふむ」

ガザード公爵は小さく唸ると、顎を何度も撫でさする。そして小さく息を吐いた。

「ナイジェル様は、ご自身にどんな価値があるとお思いですか？」

「価値、ですか」

「ええ。現在のウィレミナの婚約者候補筆頭は、テランス・メイエ侯爵令息です。彼とウの縁を文字通りに結ぶことができる。それと同等の価値があるものを、ナイジェル様は私に提示することができますか？」

――この質問は予期していた。だから答えも用意している。

「……公爵の手元に、私という駒を留め置くことができます。必要な時に私の本当の身分を開示することで、三大公爵家をはじめとする他家への威圧となるでしょう」

最も王家に親しいガザード公爵家の権威は、王国三大公爵家の中で突出している。しかし、その足を掬わんとする者たちも多い。ガザード公爵家と王弟の遺児が縁付いたとなれば、それは周囲への大きな威圧となるだろう。

「ふむ、ほかには？」

ガザード公爵はつまらなそうに言うと、紅茶を一口すする。これだけで納得するとは思っていなかったので、私だって二の矢は用意している。

「私がガザード公爵家に婿入りすることで。ガザード公爵家は父が持っていた、フォレル領の権利を主張することが可能となるはずだ。……違いますか？」

私の父は、駆け落ちをする以前は公爵位とフォレル領地を賜っていた。フォレル領は潤沢な水源と緑豊かな森林地帯を持つ領土だ。現在は国領となっており、所有権は浮いたままになっている。フォレル領の潤沢な水源があれば農地の拡大や工業用水の確保などができ、ガザード公爵家はさらなる発展を望めるだろう。

私が権利の主張をしても情勢によっては許されないかもしれないが、ガザード公爵ならばそこは上手くやれるだろう。

「……なるほど。ちゃんとお勉強をしてきたのだね」

ガザード公爵は父親の顔になると、「よくできました」と言わんばかりに優しい笑顔になる。そういう顔をされると、少しばかりむず痒い。

「しかし、それではまだ足りないですね。フォレル領の取得は確定事項ではない」

「――ッ！」

「それに。それらは王家の血の価値です。貴方自身にウィレミナの夫となる価値があることを……私に証明してはいただけませんか？」

意味深に笑うその顔を見て……私は首を傾げた。

「私自身の価値を、ですか？　戦にでも行けと？」

父である王弟殿下は、戦での働きを認められて騎士としての地位を高めていた。共に武功を競うような仲だったと、酔った時にマッケンジー卿が話してくれた。父には……マッケンジー卿と競うだけの才覚があったのだ。

「ふふ、幸いなことに今は大きな戦は起きておりません。それは、騎士であるナイジェル様もご存知でしょう」

「そう……ですね」

……では、どうやって自身の価値を示せばいいのだろう。のろのろとその方法を探している間に、テランスや他の婚約者候補に婚約者の座を奪われてしまわないだろうか。

「――ちょうど今、頭を悩ませる事態が起きておりまして。その解決をすることができれば、公爵家を支える能力を認めウィレミナの婚約者となる件を考えてもいいでしょう」

「ガザード公爵の頭を悩ませるような事態、ですか」

「そうです、とても困った事態です。私にとっても、ナイジェル様にとっても」

「……私にとっても」

嫌な予感がする。私にとっての『困った事態』。……そんなもの一つしかない。

「まさか、王子殿下のどちらかの御身になにかが」

「ええ、そのまさかですよ」

ガザード公爵の肯定を聞き、背筋を冷えた汗が流れる。王子殿下たちになにかがあり、私が王位を継ぐことになる。それだけは避けたい事態だ。

……姉様はガザード公爵家の一人娘だ。

ガザード公爵は、彼女を外へと嫁がせることはしないだろう。

王位に就くことは、姉様を諦めなければならないということと同義となる。

「第二王子殿下が、先日暗殺されそうになりました。幸いそれは失敗し、暗殺者も無事に捕らえられましたが。……黒幕の名を吐く前に、牢の中で殺されました」

「王宮の……牢の中で、ですか？」

私も騎士のはしくれだ。王宮の警備の厳しさは理解している。それをかい潜り、暗殺者の口封じをすることは……不可能に近い。

——いや。それができる権力を持つ人物以外には不可能だ、と言うべきか。

そんなことができるのは、王国三大公爵家か……両陛下か。ガザード公爵と国王陛下が、それをすることはあり得ない。となれば黒幕候補は絞られる。

「……一番可能性が高いのは、王妃陛下か」

第二王子殿下の誕生で、第一王子殿下の立場はこれまで以上に脅かされるだろう。それを危惧した王妃陛下の反応と考えるのが自然のことだと思える。三大公爵家の一角である、王妃陛下の生家——デュメリ公爵家が関わっている可能性もあるか？

「おやおや、不敬なことを言いますね」

「ガザード公爵も、同じ意見なのではないですか？」

「ふふ。それは内緒ということにしておきましょうか」

ガザード公爵は肩を竦めてから、紅茶を口にする。私も紅茶に口をつけると、それはすっかり冷えていた。

「この暗殺劇は、一度では終わらないでしょう」

「そうですね。私もそう思います」

国王陛下の愛を、一身に受けていると聞くご側室。

その存在は、王妃陛下にとっては目の上のこぶだったに違いない。そのご側室が健康な男児まで生んだのだ。

王妃陛下は……手負いの獣のような状態なのだろう。

「首謀者の尻尾を摑み、捕らえ、第二王子殿下の身の安全をひとまず確保することができれば……。私自身の価値を認めてくださり、婚約を許してくださるのですね？」

これは、簡単なことではない。しかし、姉様との未来を得るためにやらねばならないことだ。

「そうですね、私からの許可は出しますよ。ウィレミナが拒絶する場合は、その限りではないですけれど」

「姉様が——拒絶」

……その可能性は、正直考えていなかった。

いや、頭の中から無意識に追い出していたのだろう。

「私はウィレミナが可愛くて仕方がないのです。それはおわかりですよね？」

ガザード公爵は一見温和に見える笑みを私に向ける。しかしその顔には、『ウィレミナが嫌がるのなら、婚約者にする気はない』とでかでかと書いてあった。

「嫌われては、いないと思います」

そう、そのはずだ。姉様はいつだって、私の存在を拒絶することはなかった。

「それは『弟』としてでしょう？　あの子は愛情深い子ですから」

「ぐっ……！」

「幼い頃から生活を共にしている男女は互いに恋愛感情を抱くことに忌避感を覚えやすい、などという研究結果もありましたね。貴方と血が繋がっていないことを明かしても、ウィレミナからすると『弟』にしか見えないまま……なんてこともあるかもしれませんよ」

——どこのどいつなんだ、そんな研究をした学者は。見も知らない学者に、そんな八つ当たりをしたくなる。

「頑張りなさい、ナイジェル」

完全に父親の顔に戻ったガザード公爵が、にこにこと楽しそうに笑う。

この狸……完全に面白がっているな。

「ナイジェル、なにをぼんやりとしているの」

愛しい姉様の声により、過去へと飛び去っていた思考が引き戻される。視線を向ければ、そこには首を傾げる姉様の姿があった。

姉様は公爵が思い込ませたままに、私のことを血の繫がった『不義の子』だと思っているはずだ。そんな彼女に、どうすれば男性としての好意を抱かせることができるのだろう。

私の『素性』のことはともかく、血が繫がっていないことだけでも明かしてはならないだろうか。いや、今の距離感は『姉弟』だからこそのものだ。赤の他人だと知れたら、姉様に適切な距離を取られてしまう可能性が高い。そうなれば……今のように気を許した姉様といられない。

……これは、なんてジレンマなんだ。

「もしかして、馬車の旅で疲れてしまったの？　学園にはカフェテリアがあるそうだから、そちらで少し休憩をする？」

私の袖を引きつつ、心配そうな顔をする姉様はとてつもなく愛らしい。

姉様とカフェテリアか。デートのようで気分が浮き立つな。疲れてはいないが、ぜひご一緒したい。

「休憩したいです」

「ふふ、仕方がない子。わたくしも少し休みたかったから、いいのだけど」

姉様はそう言って、私の手を優しく引いた。繫がれた手を握り返せば、温かな微笑みがふわりと向けられる。

「……姉様」

「ずっと、一緒にいてくれますか？」

「なに？　ナイジェル」

『義弟（ぎてい）』でなくなったとしても、姉様の側（そば）にいることを許していただけないだろうか。そして……私のことを一人の男として愛してほしい。愛を込めて貴女（あなた）の名を呼ぶ栄誉（えいよ）を与えられることを、私は心の底から欲（ほっ）している。

そんないろいろな想（おも）いを込めて問いかければ、姉様はきょとりとした顔をする。

「一緒にいるに決まってるでしょう？　お前は護衛騎士（きし）なのだから、むしろいてくれないと困るわ」

そして無邪気（むじゃき）な口調で言うと、可憐（かれん）な花のように笑うのだった。

広いカフェテリアでは、生徒たちが思い思いにくつろいでいた。彼らはちらりとわたくしとナイジェルに視線を向けると、慌（あわ）てたように頭を下げた。

案内の職員が静々とこちらにやってきて、わたくしたちを席へと案内する。

「どうぞ、姉様」

洗練された仕草でわたくしの椅子（いす）を引くナイジェルは、すっかり紳士（しんし）といった様子だ。

そんなナイジェルを盗み見ながら、令嬢たちが頬を染めて小さく吐息を零すのが見えた。

我が義弟ながら、本当に罪な子ね。

「ありがとう、ナイジェル。すっかり紳士になったわね」

「姉様といて、恥ずかしくない男になりたかったのです」

「まぁ、それは光栄ね。容姿端麗の上に紳士だなんて、わたくしの方こそ恐縮してしまいそう」

「……容姿端麗、ですか？」

ナイジェルはわたくしを見つめながら、目をぱちくりとさせる。……この子ったら、昔よりもまつ毛が長くなっていない？　お肌もとても綺麗だし、本当に羨ましいわね！

「ええ、昔から端整な顔立ちをしているわよね。正直、羨ましいと思ってしまうわ」

「……姉様のお顔立ちの方が素敵です」

「ふふ、お口が上手になったわね」

——会わない間に、お口が上手になるくらい女性と関わっていたのかしら。

目の前の席に座る義弟を眺めながら、ふとそんな不安が過ぎってしまう。相変わらず表情は乏しいけれど、こんなに端麗な容姿なのだもの。空白の四年間も、きっと女性に纏わりつかれていたはず。

大丈夫かしら。妙な間違いは犯していない？　ナイジェルの行動は、ガザード公爵家の評判にも……未来にナイジェルの本来の身分を開示することがあるのなら、王家の評判にも関わるのだ。

「ナイジェル。貴方今、お付き合いをしている方はいるの？」

わたくしが問いを発した瞬間。周囲のご令嬢たちの肩が揺れ、こちらの会話に聞き耳を立てている気配がその場に満ちる。……仕方のない方たちね。聞かれて困るような答えが、出ないといいのだけれど。

「姉様、なぜそのようなことを訊くのです」

ナイジェルはそう言うと、少し困ったように眉根を寄せる。そんな表情も悩ましげで美しく、向かい合わせでそれを直視してしまったせいか心臓が小さく跳ねた。

「も、もしかしたらいるのかしらって思っただけよ？」

「そのような方はおりません。四年間、ずっとです」

「まぁ、そうなの？　それは意外ね」

こんな美男子が、四年間なにもなかったの？　わたくしの目は、まん丸になっているだろう。ナイジェルはわたくしを見つめながらそっとこちらに手を伸ばす。そして、わたくしの手を握った。

「私は、こう見えて一途なのですよ」

「一途……？」

重ねられた手は大きく、男らしいものだ。黒の手袋に包まれたそれを眺めながら、わたくしは首を傾げた。

「昔、好いている方がいると言っていたわね。今でもその方を想っている、とか？」

「その通りです、姉様」

義弟はずいぶんと一途な性分らしい。問題のないお相手なら、お父様に相談してその恋を叶えてあげられるといいのだけれど。もちろん、お相手の意思も尊重するわよ。

「そうなのね。えっと、お付き合いはしていないということは……ずっと片想いなの？」

「はい、そうです。私なりに好意をお伝えしているのですけれど。諸事情があるのと、そのお方が鈍いこともあって、お相手にはまったく好意が伝わってはおりませんね」

手を握るナイジェルの手に、少し力が込められる。この子ったら、どうしてわたくしの手を握るのかしら。氷のような美貌なのに、甘えたがりなのだから。思い返してみれば、昔からそうなのよね。わたくしの後ろを、ずっとくっついて回っていたもの。それにしても……。

「お前のような美青年にも靡かない、変わり者がいるのね」

「……そうですね」

ナイジェルは力なく肩を落としてしまう。恋に悩む義弟を励まそうと、わたくしは彼の手に自分の手を重ねた。

「わたくしにできることなら、なんでも協力するから言いなさい」

「いえ、その――」

「ねぇ、ちょっといいかしら」

愛らしい声が、不躾に会話を遮った。少し眉を顰めながらそちらに視線を向け――わたくしはすぐさま椅子から立ち上がる。そして、『上位』の者へと向ける礼をした。

同じ年度のご入学だとは知っていたけれど、こんなふうに声をかけられることは想定していなかったわね。

ご側室の子である、第二王女……エルネスタ殿下。

声をかけてきたのは、その人だったのだ。

「ウィレミナ嬢、お久しぶりね。そんな礼なんてしなくていいわよ」

許しを得たわたくしは、ゆっくりと顔を上げる。すると。長いまつ毛に囲まれた赤の瞳と視線が交わった。

エルネスタ殿下と最後にお会いしたのは、一年ほど前に王宮の庭園で開かれたお茶会だっただろうか。お会いするたびに思うことだけれど、本当に美しい人だ。

さらりと流れる黒髪、大きな赤い瞳。息をするのも忘れて見入ってしまうくらいに、整った顔立ち。

その美貌が一瞬で国王陛下のお心を引き、寵愛を射止めたご側室に殿下はよく似ている。

エルネスタ殿下には姉君と妹君もおり、その二人の姫君たちも美しくお育ちだ。

国王陛下は年月を経ても美しいご側室と、その子である姉妹を溺愛している。

「お久しゅうございます、エルネスタ殿下」

「同じ学園に通う生徒なのだもの。エルネスタでいいわ」

エルネスタ殿下はざっくばらんなところがあり……こんなふうなことをおっしゃることも多い。そのたびに、わたくしは戸惑ってしまう。

「臣下として、そのような無礼を働くわけには参りません」

「貴女だって王家の血を引く者じゃない」

眉尻を下げるわたくしに、エルネスタ殿下はその大きな胸を張りながら言う。……なんて羨ましいお胸なのかしら。わたくしなんて、見事に平たく育ってしまったわ。

「わたくしの立場は、あくまで傍系ですので」

「相変わらずの石頭だこと。まぁ、いいわ。そこの護衛騎士を少しだけ借りても？　借りている間は、私の護衛騎士を置いていくから」

「ナイジェルを……ですか？」

いつの間にやら立ち上がり美しい臣下の礼を取っていたナイジェルを指し示され、わたくしは首を傾げた。

「そう。貴女の義弟に少し話があって」

理由がわからず、少し納得できない気持ちにもなるけれど。王族に『貸せ』と言われれば、貸さないわけにはいかない。

「わかりましたわ。ナイジェル、失礼のないようにね？」

「……はい、姉様」

そう言うナイジェルの表情は、とても不服そうだ。この子の表情が、動きづらいものでよかったわね。そんな彼の感情の機微には、わたくししか気づいていないだろう。

「さ、行くわよ！」

エルネスタ殿下は、ナイジェルの腕をぐいぐいと引っ張りどこかへと連れていってしまう。そしてその場には……エルネスタ殿下の護衛騎士とわたくしが取り残されることになった。

「……エルネスタ殿下が、ご迷惑をお掛けして申し訳ありません」

殿下が置いていった護衛騎士が、頬に冷や汗を垂らしながら深々と頭を下げる。そんな彼に、わたくしは首を横に振ってみせた。

小一時間ほどして戻ってきたナイジェルは、なぜだかとても疲弊した様子だった。対してエルネスタ殿下は、とても機嫌がよさそうである。

——どんな話をしていたのかしら。ものすごく気になるわ。

「とても面白い話ができたわ。ではまたね。ウィレミナ嬢、ナイジェル」

鼻歌を歌いながら去っていくエルネスタ殿下を見送ってから……。わたくしはナイジェルと向かい合った。

「ナイジェル。エルネスタ殿下とどんなお話をしていたの？」

「それは、言えません」

ナイジェルは困った顔で目を泳がせる。じっと見つめると彼は悲しそうに、眉尻をうんと下げた。

……エルネスタ殿下に、口止めでもされているのかしら。

王族に口止めされていることを、わたくしが掘り返すわけにもいかないわね。

「わかったわ、聞かないことにするから。そんな顔をしないで？」

微笑みながら言えば、ナイジェルはほっとしたように息を吐く。

そんなナイジェルを見つめながら……『秘密』を持たれるのは寂しいことだと。少しだけ、そんなことを思ってしまった。

カフェテリアから連れ出され、人気のない校舎裏で二人きりになった瞬間。

「貴方、王弟殿下の遺児なのでしょう？」

エルネスタ殿下から飛び出した言葉を聞いて……驚きが顔に出ていたのだと思う。エルネスタ殿下のしたり顔を見て、しまったと思った時にはもう遅かった。

「ふふん、やっぱり。つまり、私とは従姉弟同士ね」

美しい顔に楽しげな笑みが浮かんでいる。それを見ていると、自分の迂闊さが腹立たしくなる。

「……なにか、勘違いをされているのでは」

「あら！　しらを切る気？　いいわ、じゃあ証拠を出してあげる。これを見なさいな」

エルネスタ殿下はそう言うと、手にしていた学生鞄からロケットペンダントを取り出す。そしてそれを開いて、こちらに手渡した。

ペンダントには、誰かの肖像画がはめ込まれていた。それを見て私は目を瞠る。

――これは父だ。父が私の年頃だった頃のものだろう、若い頃の絵姿だ。

父は私と違い髪を短く切っている上に表情豊かなので一見した印象は違うのだが、その面差しは私とよく似ている。

「駆け落ち事件があったあと。王弟殿下の肖像の類は、王宮や公共の場から撤去されたわ。だけど……そのうちのいくつかは、王宮の書庫の奥深くに保存してあったの。それを私が見つけたってわけ。それで、以前パーティーの警備で見た貴方に似てるわねって気づいたの」

「これだけでは、証拠にはなりません」

「貴方の過去を少し探らせてもらったけれど、怖いくらいになにも出ないのよ。本当に、なにもね。それは……ガザード公爵が厳重に貴方を隠している証拠にほかならないのではなくて？　ガザード公爵の女性関係の方も当然洗ってみたけれど。亡妻に一途でしたってお話しか出てこないの。不思議よね？　こんなに大きな子どもがいるのだし、ふつうならばどこかに愛人と過ごした証拠が残っているでしょうに。そもそもガザード公爵は貴方が愛人の子だと、言ったことなんてあるのかしら？　まぁ、私の調べた範囲ではなかったのだけれど。不思議なことね？」

矢継ぎ早の言葉に、苦い気持ちが胸に広がっていく。エルネスタ殿下は、私の正体を突き止め——どうしたいんだ。

「どれも、証拠には——」

「どうして、近衛騎士になることを断ったの？」

「……なぜ、そのことを」

質問で言葉を遮られ、私はわずかに眉を顰めた。

たしかに私は、近衛騎士への誘いを断った。姉様の護衛騎士になりたかったこと。そしてもうひとつ、理由があったからだ。

「それくらいの噂の収集はお手のものよ。王族と接点が多くなる近衛騎士にならなかったのは……王妃陛下に王弟殿下の子だと気づかれると困るからなの？　王妃陛下に言ってみようかしら。『王弟殿下とお顔がそっくりのお子が、ガザード公爵家にいるのよ』って」

もうひとつの理由を言い当てられた上に、脅しのようなことを口にされ、私は降参の意を含む息を零した。

「貴女は、一体なにをしたいのですか」

「勘違いしないで。私は貴方と敵対する気はないの。従姉弟がいると知って、話をしてみたいと思っただけよ。ええ、本当にそれだけ！」

エルネスタ殿下は明るい笑みをこちらに向ける。……その笑顔になにかしら含みがあるように見えるのは、私の気のせいだろうか。

「……本当に？」

「ええ、本当よ。この事実をなにかに利用するつもりなら、とっくにしているわ」

「ほかの誰にも、話していないのですね？」

「ええ、話していないわ。貴方を隠すことは、ガザード公爵家が主導でやっていることなのでしょう？　ガザード公爵と対立する種を蒔くほど、私は愚かではないの」

赤の瞳をしっかりと見つめれば、強い視線が返ってくる。嘘を言っているわけではなさそうだが、ガザード公爵への報告はしないといけないな。

エルネスタ王女殿下。ご側室の次女で、第二王子の姉君。

もうしばらく様子を見て、信用に足る人物だという確証が得られれば……。

彼女は王妃陛下の尻尾を摑まえるための、よい協力者になるのかもしれない。

寮に帰ったわたくしは、部屋にきた荷物の整理を手伝いながら過ごした。

「お嬢様はなさらなくてもいいんですよ」

とエイリンには言われたけれど、人手は多い方がいいもの。ここには身内しかいないから、誰かに見られて『公爵令嬢らしくない』なんて妙な噂が立つこともないし。ナイジェルも張り切って手伝ってくれたので、大きな荷物もどんどん片づいていく。

「明後日から、この制服を身に着けるのね」

クローゼットの制服を眺めていると、ナイジェルがわたくしの隣に立った。そして……。

「上品なデザインですね。姉様に似合いそうだ」

神妙な面持ちと口調でそう言った。

「黒髪のわたくしがこれを着たら、重たい印象にならないかしら？」

女子の制服は襟や袖に白のレースがあしらわれた黒いドレスで、貞淑さを感じさせるデザインだ。自由に身に着けられる手袋や装飾品で差し色は入れるつもりだけれど……。黒髪に黒いドレスだと、ただでさえ地味な容姿がさらに地味に見えてしまう可能性は否めない。

「姉様は、なにを着てもお綺麗なので大丈夫です」

「まぁ。お世辞が上手くなったのね」

くすくすと笑っていると、とても不服そうな顔をされる。まさか……本気で言った、なんてことはないわよね？

そして三時間ほどが過ぎ。荷物の整理をある程度終えた頃には、時刻は夜になっていた。

……残っている荷物の整理は明日には終わりそうね。入学式まではあと二日あるし、残りを終えたら少しゆっくりとできそう。

そのことにわたくしは、ほっと安堵の息を吐いた。

「もう遅いけれど……お前の部屋はどこなの？」

気になっていたことを訊ねると、ナイジェルはこちらに視線を向けた。

「護衛たちの寮が近い敷地にありまして、そちらに部屋があります。定期でこちらに巡回にも来ますが、身の安全が心配でしたら私たちは姉弟なので隣室に常駐することも許されます」

なるほど、血縁同士だとそういうことができるのね。

護衛騎士が決まったのも急だったし細かいことをお父様に聞く余裕なんてなかったから、

ナイジェルが詳しくて助かるわ。

「寮と隣室……。どちらにしようかしら」

わたくしの寮の部屋は四室ある。居間、寝室、浴室、そしてゲスト用の隣室だ。

その隣室にナイジェルに居てもらうことができるのね。

「……姉様をお近くでお守りできるなら、私は隣室が嬉しいです」

「そう。それなら隣室にお前の荷物を運びなさい」

ナイジェルがそうしたいと言うのなら、そうしてもらおう。

それに……。ナイジェルが近くにいるなら、いざという時わたくしが彼を守ることができる。

「いいのですか？」

なぜだか、ナイジェルは目を丸くしている。

近くで守りたいと言ったのは自分のくせに、おかしな子ね。

「ええ。頼もしい騎士様が近くに居てくれるのなら、ほっとできるわ」

そこまで言って、はっとする。

姉弟だけれど——わたくしたちは血が繋がっていないのだ。

血の繋がらない男女が扉一つ挟んだだけの場所にいるのは、とてもよくないのではないかしら。

そう思って発言を訂正しようとナイジェルに目を向けると——。

「姉様をお側で守れるのが、本当に嬉しいです！」

白い頬を淡く染めながらとても嬉しそうに言われてしまい、わたくしは言葉に詰まってしまった。

「ナイジェル、その……」

「では、荷物をこちらに持ってきます！」

「え、ええ」

……結局、発言を訂正する勇気は湧かなかった。

まぁ、問題ないわよね。血が繋がっていないとはいえ、ナイジェルはわたくしを『姉』だと思っているのだろうし。わたくしは血が繋がっていないことを、知らないことになっている。

わたくしさえ、妙な意識をしなければ済むことなのだ。

妙な意識？……妙な意識ってなにかしら。

わたくしが首を傾げている間にも、ナイジェルの荷物はどんどん隣室へと運び込まれていく。

それを見ながら、わたくしはなんだか取り返しのつかないことをしたような心地になってしまった。

第五章　義姉と義弟の学園生活

残りの荷物の整理を終えて、あとは明日の入学式を迎えるばかりになり。わたくしは、寮の部屋でナイジェルとのんびりと過ごしていた。

「姉様、なにかして欲しいことはないですか？　紅茶を淹れましょうか？　それとも本でもお持ちしましょうか？」

……訂正するわ。『のんびり』とは言えないわね。ナイジェルが忙しなくわたくしの世話を焼こうとするのだ。お前はわたくしのメイドではなくて、騎士でしょうに！

「ナイジェル、落ち着きなさい」

語気を強めてぴしゃりと言うと、ナイジェルの大きな背中が丸くなる。それは突然の激しい雨に打たれ、ずぶ濡れになった犬のような様子だ。……見ているだけで、哀れを誘うわね。

「紅茶をエイリンに淹れてもらってお話をしましょう？　騎士学校時代のお前の話を、もっと聞きたいわ」

ため息を一つついてそう言うと、ナイジェルの表情がぱっと華やぐ。

しかしエイリンが淹れてくれた紅茶は……別の人物のためのものとなってしまった。

「こんにちは、ウィレミナ嬢」

テランス様が、部屋を訪れたのだ。

事前連絡なしの来訪に急用かと首を傾げたけれど、どうやらそうではないらしい。ナイジェルが飲むはずだった紅茶を、彼はのんびりとした表情で堪能している。

婚約者『候補』とはいえ、突然女性の部屋に来るのはどうなのかしら。おモテになるテランス様にとっては、日常茶飯事のことなのかもしれないけれど……。

ナイジェルはテランス様の来訪に機嫌を損ねたようで、いつもの無表情ながらも不穏な空気を醸し出している。義弟とはいえ、今のお前は護衛なのだからお客様にそんな態度をしないの！

「ナイジェル、お客様にちゃんとご挨拶をして」

「……お久しぶりです、テランス様」

促すと、ナイジェルは低い声音で一応の挨拶をした。

「うん、久しぶりだね弟君。お噂はかねがね聞いているよ。かなりの大躍進をしているそうだね」

「別に、そのようなことは」

渋々という態度をまったく包み隠さずに、ナイジェルはテランス様と会話をする。そんなナイジェルを見て苦笑しながらも、テランス様はいつもの通りに穏やかな様子だ。

「テランス様、本日はどのようなご用件で？」

「君の顔を見に来たんだよ。私たちは婚約者なのだし」

『婚約者』。その言葉に眉を顰めるわたくしに、テランス様は麗しいかんばせでにこりと笑う。

いつもながら、温厚に見えて考えがよく読めない方だ。貴族であるからには、感情が不透明であることは褒められるべきことなのだろう。だけど淑女をからかうことは、褒められたことではない。

「貴方は婚約者候補です。わきまえてください、テランス様」

なんと返そうかと悩んでいる間に、ナイジェルがぴしゃりとテランス様を跳ねつけた。その表情はめずらしく怒りが露わで、わたくしは目を丸くする。テランス様に対して、ナイジェルは妙に感情が剥き出しだ。……そんなにお茶を邪魔されたのが、嫌だったのかしら。

「姉様は公爵家の大事なご息女です。事実の誤認を招く言葉は慎んでください。そのような発言をよそでもしているのでしたら、お父様に報告を……」

「してない、してないよ！　手厳しいね、君の義弟は」

テランス様は慌てたように首を数度左右に振ると、困ったように眉尻を下げた。

「ですが、ナイジェルの言うことは正論ですわね」

決定ではないことを、決定のように言いふらされてしまうのは困る。

わたくしの婚約に関する決定権はお父様にしかなく、その意向を無視した言動は褒められたことではない。

「いやはや、君も手厳しい」

「本当に顔を見に来ただけですの？」

「近頃、第一王子殿下のご体調がよくないようだね」

「そう、なのですか？」

テランス様の言葉に、わたくしは目を瞠った。そんなお話……わたくしは聞いていない。

「うん。王宮勤めの侍女たちに聞いたから間違いない。王妃陛下は必死に隠そうとしているようだけれど……人の口には戸が立てられないものだね」

「……場合によっては、情勢が動くかもしれませんわね」

ちらりとナイジェルに視線を向ける。彼はいつも通りのなにを考えているのかわからない表情で、まっすぐに前を見ていた。

第一王子殿下が逝去され、第二王子殿下にもなんらかのことがあれば。……ナイジェルに、順番が回ってくるのだろう。

それを想像すると、ちくんと胸が痛んだ。

――そうなるのは、嫌ね。

貴族や王族としての覚悟をもって、この子は生まれ、育ってきたわけではないのだ。

『公爵家の子』という立場だって荷が重かっただろうに、ましてや王族だなんて。

……この子が王位継承問題に巻き込まれることを想像すると、胸が痛くなる。

大人の勝手に、これ以上振り回されてほしくない。

わたくしはナイジェルから視線を外すと、ふっと息を吐いた。

「多少のことでは揺るがないガザード公爵家は、なにがあっても中立を保つのだろうけれど。私の家は君の家ほど立場が強くはない。情勢が変わった時に……立ち位置が変わる事があり得るわけだ。そうなれば、君の婚約者候補のままでいられるかわからない」

テランス様はそう言うと、わたくしをじっと見つめた。

その瞳にはなんらかの熱がこもっていて、目を逸らしたい気持ちに駆られる。

その整った形の唇から次に紡がれる言葉を聞くのが、わたくしはなぜか恐ろしいと思った。

「私はね、ウィレミナ嬢のことを慕っているよ。婚約者候補なんて不確かな立場ではなく、婚約者として君の隣に立ちたい」

真剣な瞳でわたくしを射貫きながら、テランス様はそう告げた。

「――ッ」

ひゅっと喉から空気が漏れる。目を大きく見開くわたくしに、テランス様は優しく微笑みかける。そして椅子から立ち上がると、こちらに歩みを進めた。美しい手が伸び、わたくしの肩に触れようとした時。

「そこまでです、テランス様」

鋭い声が空気を揺らした。そしてわたくしの隣に、どかりと音を立て少し乱暴な所作でナイジェルが腰を下ろす。

「ナ、ナイジェル！　護衛がなにをやっているの！」

突然の義弟の行動に、わたくしは目を白黒させた。その顔を見れば、義弟の目はすっかり据わっている。

「……護衛騎士としてではなく、家族として同席させてもらいます」

長い脚を組んで腕組みをし、鋭く睨みながらナイジェルが言うと、テランス様は苦笑する。そして、伸ばしていた手を引いて肩を竦めた。

「ナイジェル様。人の恋路の邪魔をするのは、どうかと思うよ？」

「邪魔はしていませんよ。テランス様の行動が、『適切』な範囲のものかを見張っているだけです」

「君の言う……『適切』の範囲は狭そうだね」

「姉様は三大公爵家であるガザード公爵家のご令嬢です。安易に触れさせるわけがないで

しょう」

「ふむ。それは一理ある」

テランス様は飄々とした表情で言ってから、こちらに視線を向ける。そして、にこりと柔和な笑みを浮かべた。

「今日は口説くのが難しそうだ。番犬がいない時に、また来るね」

「く、口説く……！」

明け透けな言葉に頬を熱くするわたくしに軽く手を振ってから、テランス様は悠然とした足取りで部屋から去っていく。

「あれは、本気だったのかしら」

本気だとすれば、殿方からのはじめての告白だ。心臓が少しだけどきどきしてしまう。

まさかテランス様が、あんなことを思っていたなんて。

テランス様のことは、平穏無事な結婚生活が送れるだろう相手だとは思っていた。だけど『恋』のお相手となると、正直なところピンとはこない。

だけど、ああ言ってくださったのだから真剣に考えないと……。

「遊び人の言葉なんて、信じてはいけません。姉様にはもっとふさわしい相手がいるはずです」

ナイジェルは拗ねたような声音で言うと、子どものように頬を膨らませた。

「ふさわしい……？」

「そうです。例えば姉様をいつでも守れる、騎士、とかですね……」

「まぁ！　マッケンジー卿のことかしら。ふふ、そうだったら嬉しいけれど」

マッケンジー卿に守られながらのデート。そんな機会が訪れたら、どんなに素敵だろう。

頬を染めるわたくしを見て、ナイジェルはなぜかがくりと肩を落とした。

入学式も無事に終わり、早二週間。わたくしとナイジェルの学園での日々は、穏やかに過ぎていた。

……穏やかに、過ぎているわよね。

「ナイジェル様が、いらっしゃったわよ！」

「ど、どうしましょう。お声をかけていただけないかしら」

「そんなの無理よ。だって、ガザード公爵家のご令息なのよ！」

授業が終わり、わたくしを迎えに来たナイジェルを目にした女生徒たちは今日もかしましい。こちらに聞こえよがしに言っているのは、わたくしが『温情』をかけナイジェルとの仲を取り持つことを期待しているのだろう。

ナイジェルは今は護衛の立場とはいえ、三大公爵家であるガザード公爵家の者だ。よほど情勢に疎い者か上位の家の者でない限り、彼に直接声をかけることはできない。だけど期待をされても困るわね。わたくしは、ナイジェルが望まない限りは仲を取り持つ気はないの。この子には昔からの『想い人』もいるのだし。

教室の出入り口にいるナイジェルに『少し待って』と身振りで示すと、彼はこくりと頷く。机の上に置いていた教科書などを、鞄へしまおうとした。その時……。

「ナイジェル、ちょっといいかしら？」

ナイジェルに、そんな声がかけられた。

……誰なのかは、見なくてもわかるわ。こんなに気軽にナイジェルに声をかけられるのは、わたくし以外にはエルネスタ殿下しかいない。

彼女は別のクラスなのだけれど、こうしてたまにナイジェルに会いに来る。

「ウィレミナ嬢、少しナイジェルを借りるわ」

そして、こんなふうにナイジェルを連れ出してしまうのだ。

――彼は、わたくしの護衛なのに。

了承の言葉を口にはするけれど、連れていかれるナイジェルの背中を見つめながらそんなことを思ってしまう。

連れ出される時間は短いとはいえ、こうも頻繁だと困るわ。学園にも常駐の騎士たちはいるので、そうそうなにかはないとは思うけれど……。なんだかもやもやとした気持ちを抱えながら、わたくしは鞄に教科書を詰めつつため息をついた。

「ふむ。ナイジェル様は今日も殿下に連れ出されてしまったんだね」

そんなわたくしの耳に、聞き慣れた声が届いた。

「……テランス様」

「や、ウィレミナ嬢。彼が戻ってくるまで一緒にいようか。短い間だけれど、君の騎士としてね」

「あ。その、ありがとうございます」

先日告白のようなことを言われたせいか、受け答えが少しぎこちないものとなってしまう。そんなわたくしに優しく微笑んでから、テランス様は隣に腰を下ろした。

「ねぇ、ナイジェル様とエルネスタ殿下って……そういう仲なのかしら」

「困るわ。エルネスタ殿下相手だと、勝ち目がまったくないもの！」

──ふと、令嬢たちの噂話が耳に入る。

そう。ナイジェルとエルネスタ殿下がただならぬ仲なのではないかと……。学園はその噂話で持ち切りなのだ。

ナイジェルは否定しているけれど、実のところはどうなのだろう。『想い人』から、エルネスタ殿下に心変わりしたのかしら。エルネスタ殿下は快活でお美しい方だから、それもあり得ることだとは思う。

「ガザード公爵家のご令息とご側室のご息女が結びつけば、ご側室の王宮での権勢はまた大きくなるだろうな」

テランス様がぽつりとつぶやく。彼にも、令嬢たちの噂話は聞こえていたらしい。

ナイジェルとエルネスタ殿下が本当に恋仲なら。テランス様の言う通りになるに違いない。

健康な男児を産んだことで、王宮でのご側室の権勢は高まるばかりだ。さらにガザード公爵家の令息であるナイジェルとエルネスタ殿下の結婚が決まれば、これまでずっと優勢だった王妃派との力関係は完全にひっくり返ってしまうだろう。だけど……。

「そのようなことになるかは、まだわかりません」

「おや、ウィレミナ嬢。少しご機嫌斜めだね」

「いえ、そんなことは」

「ふふ。可愛い弟君を取られそうだと妬いているのかな？」

「……そんなことはありませんけれど」

妬いてなんかいないわ。弟なんて、いずれ独り立ちをするものだもの。わたくしにべったりのナイジェルだって、いずれはそうだ。

……寂しい気持ちがないかと言えば、少しだけ嘘にはなるけれど。ええ、ほんの少しだけね。

「大丈夫だよ、私がいるからね。君に寂しい思いはさせないよ」

「テ、テランス様！」

甘く囁かれながら手を握られ、わたくしは声を上ずらせてしまう。教室にはまだかなりの人が残っているのに、この方ったらなにをするのかしら！　案の定、興味津々という視線がさりげないふうを装いながらこちらに向けられている。

「ウィレミナ嬢。私たちも二人でどこかに行こうか」

「ですが、ナイジェルを待たないといけませんし」

「主人を待たせる悪い護衛騎士には、少しくらい冷や汗をかかせればいいよ。さ、行こう？」

両手を引かれて、すいと立たされる。にこりと魅惑的な笑みを向けられ、わたくしもつい笑みを浮かべてしまった。テランス様は、人を笑顔にするのが上手い。

「テランス様、その手をお離しください」

その時。冷たい義弟の声が響いた。声の方に目をやれば、ナイジェルが、大股でこちらへやってくるのが目に入る。

「おや、番犬だ。戻りが早いね。あんなに怖い顔をして……肝が冷えてしまうよ」

おどけたように言いながらも、テランス様は手を離さない。それを目にして、ナイジェルは眦を決した。

「姉様に気安く触れないでください。貴方は……家族でもなく他人だ」

ナイジェルは静かな怒りが滲む声で言いながら、わたくしの肩を片手で抱くようにしてテランス様と引き離した。

大きな手に、しっかりと肩を抱かれている。すっかり逞しくなった義弟の体とぴたりと触れ合い、その男性らしい感触に心臓が大きく跳ね上がった。

見上げれば義弟の背はわたくしの頭ひとつ分以上も高く、怒りに燃え立つその美貌は惚れ惚れするほどに美しい。

「まぁ、今は他人だね。将来的には夫婦になりたいと思っているけれど」

テランス様はそう言って、軽く肩を竦める。そんな彼に、ナイジェルは鋭い視線を向けた。

──これはいけないわね。わたくしが、きちんと間に入らないと。

「ナ、ナイジェル。テランス様にそんな失礼な態度を取ってはダメよ！」

「──ッ！」

なぜだか少し上ずってしまう声で命じれば、ナイジェルはこちらに視線を向け、わたくしの肩を抱く自身の手を見てから小さく息を呑む。そして、頬を真っ赤に染め上げた。

「ね、姉様。申し訳ありません！　大事な姉様のお体に、不躾に触れてしまい……！」

勢いよく謝罪をしながら、ナイジェルは肩を抱く手を離した。そこまで謝ることでもないのに……おかしな子ね。

「少し驚きはしたけれど、そこまで謝るようなことでもないわよ。わたくしたちは姉弟なのだし」

「そう、ですね。姉弟……ですからね」

ナイジェルはぽつりと寂しそうに零すと、顔を俯かせた。その表情は暗く沈んでいる。表情はいつもの通りに薄いけれど、沈んでいるわよね。……たぶん。

わたくしは小さく息を吐き、テランス様と向かい合った。

「テランス様。わたくし、まっすぐに寮に帰りますわ」

「それは残念。振られてしまったね」

テランス様はそう言うと、ぱちりと片目を瞑る。そんな仕草も様になるわね。

「ふふ。今日は、大事な弟と一緒に過ごす予定なので。そうよね、ナイジェル」

「えっと、姉様……」

「ごきげんよう、テランス様。ナイジェル、行くわよ」

テランス様に一礼をしてから、戸惑うナイジェルの手をぐいと引く。すると彼は手を引かれるままに大人しくついてきた。

護衛騎士の手を令嬢が引くという奇妙な光景に、生徒たちの視線が集まる。だけどわたくしは、気にせずに寮まで歩いた。人の視線以上に、義弟の様子が気になるのだもの。

「姉様、約束などしてないですよね？」

寮の部屋にたどり着くと、小さく首を傾げるナイジェルにそう問われる。

「してはいないけれど。元気がなさそうなお前を放ってはおけないでしょう？」

「……姉様」

「悩みがあるのなら、なんでもわたくしに話しなさい。ゆっくり聞いてあげるから」

「………姉様」

「わたくしね、お前のことが大事だと思っているのよ。だから遠慮なんて——」

手を強く引かれ、温かなものに体を包まれる。急な出来事に、わたくしは目を白黒させた。

「ウィレミナ、姉様」

ナイジェルの妙に色気のある声が近い。これは……ナイジェルに抱きしめられているのではないかしら？

「大事だなんて、嬉しいです」

ナイジェルの声は、なぜか少し震えている。姉に『大事』だと言われただけで、感動しすぎなのではないのかしら。

「嬉しいからって……こんな甘え方はどうかと思うわよ？」

「……もう少しだけ、ダメですか？」

「もう少しだけって」

「ダメ、ですか？」

重ねて甘えるように言われ、抱きしめる腕に少し力が入る。体は大きくなったのに、まるで駄々っ子のようだ。

「……仕方ない子ね」

この子には幼い頃に与えられるべき愛情が、明らかに足りていない。そしてその責任の一端はわたくしにある。お父様は彼を丁重に扱ってはいたけれど、わたくしに対してのように甘やかしているわけではなかった。甘えくらい、許容しないとダメよね。

わたくしは……この子の姉なのだもの。

顔を少し上げると、ナイジェルの胸のあたりが視界に入った。本当に大きくなったわね。小さい頃なら、顔と顔が向かい合わせになっていたのに。

「ちょっとだけなら、甘えてもいいわ」

照れくさかったので顔も見ずにそれだけ言うと、わたくしはナイジェルの背に手を回した。そして、背中をぽんぽんと叩く。騎士服の分厚い生地の上からでも、義弟の体の逞しさがありありと感じられて感心してしまう。こうなるまでに、この子はどれだけ頑張ったのだろう。なんだか感動してしまうわね。

「こんなに甘えっ子なんて、困った騎士様ね」

「………………」

「あ。も、申し訳ありません。……姉様が愛らしすぎて、どうしていいのかわからなくて」

最後の方は、もごもごと言われて聞き取ることができなかった。一体、なにを言ったのかしら？

「……姉様」

「なに？　ナイジェル」

「私は姉様のことが、その。大好きです」

「まぁ、奇遇ね。わたくしもよ」

義弟からの好意が嬉しくて、心がくすぐったい。くすくすと笑っていると、わたくしを抱きしめる腕の力が少しだけ強くなった。

腕の中の姉様が、楽しそうに笑っている。

『大事』だと言われ、嬉しさのあまり抱きしめてしまったが……。こんなふうに簡単に受け入れられると、さらに先がほしいと欲張ってしまいそうになる。

腕の中にある姉様の体は折れてしまいそうに華奢で、淡雪のように儚げだ。そして、春の日差しのような柔らかな温もりがある。

――愛おしい。そして、癒やされる。

近頃はエルネスタ殿下からの『呼び出し』が多く、お側にいられない間に姉様になにかあるのではないかという心労が増していた。

テランス様が、姉様の周りを飛び回るくらいならまだいい。いや、あれも相当腹が立つが。それよりも……。

なにかが起き肝心な時に守れなかったらと想像すると、心臓が止まりそうになる。

しかし。エルネスタ殿下とお会いしその人格を測ることも、将来のことを考えれば大事なことだったのだ。

この二週間。エルネスタ殿下を観察し、彼女は信用できる人間だという結論に至った。

口は悪いし、人の話も聞かない人ではあるが。それに、機嫌を損ねるとすぐに手が出る。

国王陛下もご側室も、どれだけエルネスタ殿下を甘やかしてきたのだろうか。

それはともかく。彼女は口が堅く、情に厚い。そしてまだ幼い弟と、母であるご側室を愛していらっしゃる。

そろそろ……切り出してみようと思うのだ。

『貴女の大事な弟を守るために、私と協力をしませんか』と。

これは互いに利のあることだ。私は暗殺者を捕らえるために、口が堅く王宮のことに明るい協力者がほしい。そしてエルネスタ殿下は、大切な弟の命を守りたいはずだ。エルネスタ殿下は、きっと頷いてくれるだろう。

「ナイジェル。少し苦しいのだけれど」

力が入ってしまっていたのか。姉様に抗議の声を上げられる。ふっと力を抜くと、小さな手が伸び、優しく頬を撫でられた。

「お前の悩みを、話してはくれないの？」

「悩み事は、ありません」

「本当に？」

「……本当です」

本当は悩みがあるが。今は姉様に話せるものではないのだ。

「ふふ。まぁいいわ」

姉様は『悩み事があることなんて、お見通しだけれど』という顔で笑うと、私の頬を少し抓る。そして、嫋やかな手を頬から離した。

ノックの音が、部屋に響く。そして少し間を置いてから、エイリンの「お嬢様、入ってもよろしいでしょうか？」という声が聞こえた。どうやら、二人の時間はお終いらしい。

「エイリン、少しだけ待って。さて……。貴方を甘やかす時間は終わりね、護衛騎士様」

姉様は私の胸を軽く叩くと、ゆっくりと身を離す。腕の中にあった温度が離れていく。

それを追おうと手を伸ばそうとし、私はそれを堪えた。

「姉様、その」

「なに？」

「……いえ」

零れようとした、『愛しています』という言葉をぐっと呑み込む。すると姉様は不思議そうに目を丸くした後に、「おかしな子」とつぶやいて可憐な花のような笑みを浮かべた。


「ふふん。貴方から、そのことを言い出してくれるなんてね」

数日後の放課後。いつものように呼び出された際にエルネスタ殿下に協力を仰ぐと、彼女は見ていて腹が立つほどに得意げな顔をした。この方が私に接触した理由はもしかしなくても……。『弟君の命を守るための、共同戦線を築くため』だったのだろう。

私も素性が知られれば、王妃陛下に命を狙われかねない身だ。第二王子殿下暗殺劇の黒幕であろう彼女を廃することができれば……私の将来の平穏にも繋がることは明白だ。

ガザード公爵と、王妃陛下の父であるデュメリ公爵とは折り合いが悪いと聞く。そういう意味でも、私はエルネスタ殿下にとって同盟を組みやすい相手なのだろう。

「とても、話が早くて助かります」

「ナイジェル・ガザード。互いの利のために、頑張りましょうね」

エルネスタ殿下は白い手で口元を覆うと、くすりと笑った。

「はい、よろしくお願いします」

しっかりと頭を下げると「姉弟して堅苦しいわね」と、苦々しい口調で呆れたように言われてしまう。私は少しの苛立ちを覚えながら、頭を上げて口を開いた。

「姉様は堅苦しいのではありません。節度と礼儀をきちんと持っているのです」

「……この姉べったり。ウィレミナ嬢のことに関してだけは饒舌なのだから。まぁいいわ。私の馬車を走らせながら、互いの状況についての情報交換をしましょう」

「エルネスタ殿下の馬車で、ですか？　ここでいいのではないですか？」

彼女の提案に私は思い切り眉を顰めてしまった。今でも、妙な噂が流れているのだ。これ以上は御免被りたいのだが。現在は学園の裏庭で会話をしている。周囲には誰の気配もないし、ここでも問題ないだろうに。

「ええ。貴方はともかく、私には王妃陛下が目を光らせていてもおかしくないわ。密談をするなら、誰も介在できない場所にすべきよ。ほら、行くわよ」

……馬車は、果たして『誰も介在できない場所』なのだろうか。賊に襲われた過去の記憶を思い出し、つい苦い顔になってしまう。今度は襲われても、前のような無様な姿を晒すつもりはないが。

「とにかく、姉様に一言言ってから……」

「まったく、この姉べったりは。ではまず、ウィレミナ嬢のところに行きましょう」

エルネスタ殿下はため息をひとつつくと、私を引きずるようにしながら姉様を待たせている教室へと向かった。そして……。

「ウィレミナ嬢、もう少しこの姉べったりを借りるわ。うちの護衛騎士を置いていくから、問題ないわよね？」

「え、えっ？」

ぱちぱちと瞬きを繰り返しながら戸惑う姉様に有無を言わさずにそう言うと、エルネスタ殿下は私をまた引きずろうとする。

「あ、姉様！」

「ナイジェル！　先に寮に帰っておくから。……くれぐれも、殿下にご迷惑をかけないようにね」

――姉様、エルネスタ殿下のお守りをしているのは私の方です。

そう言う暇もなく、私はエルネスタ殿下に引きずられてしまう。こんな小さな体なのに、なんて馬鹿力だ！

去り際に見えた姉様のお顔が寂しそうなものに見えたのは……私の願望が見せた幻なのだろうか。エルネスタ殿下とは世間でされている噂のような関係ではないし、姉様に誤解なんてされたら本当に困る。しかし。愚かなことに、姉様が少しだけでも妬いてくれないだろうかとも思ってしまうのだ。

「……もう少し、姉様に気遣いを見せてください」

馬車に詰め込まれた私は、エルネスタ殿下を睨めつける。しかしその視線は、どこ吹く風という様子の彼女にさらりと受け流されてしまった。

「今度謝っておくわ。だからいいでしょう？」

──それは遠慮してもらいたい。王族に頭を下げられても、姉様が困ってしまうだろう。そしてそんな様子を誰かに見られたら、それこそ妙な噂になりかねない。

ガザード公爵家の娘が、王族に頭を下げさせた。

そんな噂が一度立てば、それがどんな方向に転がっていくことか。

エルネスタ殿下は、むすりとする私に蠱惑的な笑みを向ける。そして赤い舌で少し唇を湿らせてから会話の口火を切った。

「従兄弟殿。今後のお話をしましょうか」

「従姉妹殿。できれば手短に、そして建設的にお願いしたい」

冷たく言ってみせると、エルネスタ殿下は瞳を細めてため息をつく。そして少し、唇を尖らせた。

「私とゆっくりと話したい貴公子は掃いて捨てるほどに存在するのに。本当につれないわね、ナイジェル。貴方はまったく私の好みではないから、別にいいのだけれど」

そう。この気が強く気ままな姫君は、貴公子に人気があるらしいのだ。この美しい容姿が、内面の七難を隠すのだろうか。

「無駄口は止めていただきたい。私は早く姉様のところに戻りたいのです」

「ほんっっっとうに可愛くないわね！　この姉べったり！　まあいいわ。ひとまず、互いの現状確認よ。貴方の現状を教えて。私も、包み隠さず教えるわ」

「そう……ですね」

エルネスタ殿下が話してくれた『現状』は、想像していた範囲内のものだった。

ご側室は現在、産後の回復のためにと王子殿下を連れて遠方に『療養』に出ているらしい。それは表向きの理由で、真の理由は国王陛下も協力しての隠匿なのだが。その行方を、王妃陛下は血眼で捜しているそうだ。

「いつ見つかるかと思うと、気が気じゃないわ」

エルネスタ殿下は眉間に深い皺を寄せ、薄紅色の唇をきゅっと噛みしめる。

「今のところは、お母様たちの行方の手がかりは摑んでいないようだけれど。時間の問題かもしれないわね。王妃陛下がお母様たちを見つける前に、どうにか片をつけないと。

……さて、貴方の方の状況を教えてくれない？」

「私の話は正直大したものはないのですが」

「いいから、話すの！」

そして……。根掘り葉掘りエルネスタ殿下に訊ねられ、私はガザード公爵との『約束』のことまで話すこととなってしまったのだった。

「呆れた。そんな理由で黒幕を暴こうとしていたの？　姉べったりにもほどがあるでしょう」

心底呆れたという顔でそう言うと、大きく息を吐かれてしまう。

「それは、否定しません」

私は眉一つ動かさずに、きっぱりと言い切った。

それは私にとって当然のことで、恥ずかしいことでもなんでもないのだ。姉様がお嫌じゃないなら、人生の終わりまで一緒にいたい。それを『姉べったり』と言われるのなら、望むところである。

「……だけど。その動機が軸としてあるなら、どうあがいても貴方が裏切るようなことはなさそうね。そういう意味では安心したわ」

口角を上げ、目の前の少女が悠然と笑う。その貫禄は十六やそこらのものではない。見ていて背筋が凍るような微笑だ。

「さて、これからの方針なのだけれど。私が信頼を置いている侍女の一人を、間諜として王妃陛下のところに送ろうと思うの」

「間諜、ですか」

「ええ。それで次の暗殺に向けての、不審な動きを事前に察知できるかもしれないわ」

「……なるほど。前回の暗殺未遂の証拠は、もうどこにも残っていないでしょうしね。摑めるとしたら、新たな証拠しかないか」

「侍女に諜報を任せながら、状況に合わせて策を練りましょう。王妃陛下が尻尾を出さない限り、私たちにできることはあまりないのだし」

　エルネスタ殿下は『あまり』という言葉を強調し、こちらをじっと見つめる。彼女の意を察し、私は肩を竦めた。

「私に正体を明かしデコイになれ、と言うのなら現状でそれは難しいです。開示に関しての権限は、ガザード公爵と国王陛下のもので私にはありません」

「……そうよね。まぁ、いざとなったら私の方から公爵とお父様に『お願い』をするからいいわ。さ、そろそろ学園に着く頃合いかしら」

　エルネスタ殿下の言葉と同時に、ガタリと音を立てて馬車が停まる。外を見れば、そこは学園の正門だった。

「ナイジェル。手を貸しなさい」

「承知しました、殿下」

馬車から先に出ると、エルネスタ殿下の手をそっと取る。すると正門付近にいた生徒たちの注目が、こちらへと集まった。

……こんな目立つところに馬車を停めなくとも。

そうは思ったが、この王女が考えもなしにこんなことはしないだろう。しかし……姉様に誤解されるだろう材料がまた増えると思うと腹立たしいな。

「この寸劇は必要ですか？」

わずかに苛立ちが滲む声で訊ねれば、恋人に向けるような甘やかな笑みが向けられる。それを見た周囲の人々からは、ほうと感嘆の息が零れた。

「必要よ。私たちが親密だという噂が広まれば、焦った女狐が馬脚を現す可能性も上がるでしょう？　それに、周囲に恋仲だと誤解されれば一緒にいても不自然だと思われないわ。これからも、この寸劇はするべきよ」

そして、同じく小声でのそんな言葉が返ってきたのだった。

……一体、狐なのだか馬なのだか。

第二王子殿下の誕生で、王宮の勢力図は一気に変化した。当然ご側室に有利な方向に、だ。それに加えてガザード公爵家の令息と側室側の王女が密な関係だという噂が届けば、追い詰められている王妃陛下は焦るだろう。

そして、殿下の言う通りに王妃陛下が馬脚を現す可能性が上がる……のだろうが。

そうだとしても、姉様以外と恋仲だなんて噂が広まることは不本意以外の何物でもない。大きなため息をつきながら、『これは姉様との未来のために、やらねばならないことなのだ』と自分に言い聞かせつつエルネスタ殿下の手を引いていると、人混みの中にとある人物を見つけてしまい……私は苦虫を嚙み潰したような顔になった。

――テランス・メイエ侯爵令息。

姉様に妙なことを吹き込みかねないこの男に、こんな場面を見られたくはなかったな。彼はこちらに向かって笑顔で軽く手を振ると、軽い足取りで踵を返す。私はそんな彼を、実に苦々しい気持ちで見送った。

第六章　義姉の変化、義弟の心

「……はぁ」

ため息をつきながら、開いた本に視線をやる。紙に書かれている文字を目は追うだけで、内容がなかなか頭に入らない。

「…………はぁ」

わたくしはまたため息をひとつつくと、読むのを諦めて本を閉じた。頭に入らないものを眺めていても仕方がないのだ。今は放課後。わたくしは、いつもの通りにナイジェルの迎えを待っている。

ナイジェルは、今日はエルネスタ殿下に捕まらずに来られるのかしら。もうすでに、捕まっている可能性もあるわね。

あの子は……わたくしの護衛なのに。いくら殿下でも連れ出しすぎなのではないかしら。

護衛騎士は授業の最中以外の多くの時間を、主人と行動を共にする。本来ならば……そのはずなのよ。

ちなみに。主人といない時間は学園常駐の警備騎士と協力して校内の警備につかねばならず、その生活はなかなかに忙しいようだ。

もやもやとした気持ちを抱えたわたくしから少し離れたところで、級友たちが集まりとある話題に興じていた。

エルネスタ殿下とナイジェルは婚約間近なのではないかという、そんな話題だ。

二人が一緒にいるところは、以前にも増して目撃されている。それは皆の憶測を、確信へと変えていた。

「ねぇ見た？　エルネスタ殿下とナイジェル様が昨日も連れ立って歩いていたわね」

「見たわ！　お二人ともまぶしいくらいにお美しくて……ついうっとりとしてしまったわ」

「ナイジェル様にお相手ができるのは悔しいけれど、エルネスタ殿下がお相手なら仕方がないと諦めがつくわね。ご婚約の発表はいつになるのかしら」

そんな級友たちの会話を耳にするたびに、わたくしの心は沈んでいく。

どうして、こんな気持ちになるのかしら。

自分の心のことなのに、その理由がまったくわからないのだ。胸がずっとざわざわして、悲しいようで、落ち着かない。

エルネスタ殿下は素敵なお方だ。見目麗しく、機知にも富んでいる。その上、王家の血筋なのである。そんな方と義弟が……恐らくはよい仲なのだ。義姉としては、両手を上げて喜ぶべきことじゃない。

――『義姉』という言葉を思い浮かべた瞬間。なぜだか胸がずきりと痛んだ。だけどその痛みの正体を掴めないまま、それはするりとどこかに行ってしまう。本当に、これはなんなのかしら。

深いため息をつくわたくしの肩を、誰かがぽんと叩いた。気軽にこんなことをするのは――。

「……テランス様、どうなさったのです？」

この方しか、いないわよね。そう思いながら名前を呼びつつ視線を向ければ、予想の通りにテランス様がすぐ側にいた。

「や、ウィレミナ嬢。なんだか気落ちしているみたいだね。もしかして、ナイジェル様の噂のことで落ち込んでいるのかな？」

「どうしてわたくしが、殿下とナイジェルが親しいことで落ち込まないといけないのです。……ところで、わたくしに御用ですか？」

「うん、そうなんだ」

首を傾げつつ訊ねれば、テランス様が微笑みながら頷く。彼はわたくしの手を握り、視線をしっかりと合わせてから少し緊張した様子で口を開いた。

「……一緒に参加するパーティーで身につける装飾品を、贈らせてはくれないかなって」

「まぁ」

テランス様の言葉に、わたくしは目を丸くしてしまう。こちらの会話に耳をそばだてていた令嬢たちからは、羨ましいと言わんばかりのさざめきが起きた。

わたくしとテランス様は、一ヶ月後にあるパーティーに二人で参加することになっている。それは王妃陛下主催のもので、ご側室側に男児が生まれたことで衰えてしまった求心力を取り戻すための催しなのだろう。

王妃派に属する者、中立派と呼ばれる派閥の者。その二つの派閥の令嬢令息たちを中心に、そのパーティーには呼ばれている。ガザード公爵家も、テランス様のメイエ侯爵家も中立派だ。このパーティーを機に、中立派を子どもたちから取り込みたいという意図が透けて見えるわね。

「わたくしたちは婚約者同士ではありません。装飾品なんて高価なもの、いただけませんわ」

テランス様は、長い間わたくしの婚約者候補の首座にいる。だから、今回のパーティーのエスコート役にテランス様が決まった。

けれど婚約者という、将来を共に歩むことが決まった仲ではないわけで……。そんな関係性で、高価な贈り物なんてもらえないわ。

「そうだね、婚約者ではない。だけど想い人に贈り物をするのは、悪いことではないでしょう?」

「テランス様！」

この方ったら、たくさんの人がいる教室でなんてことを言うのかしら！　周囲の反応を見るのが怖くて、わたくしは顔を伏せてしまう。きっと興味津々といった視線がこちらに集中しているはずだ。

「ウィレミナ嬢。受け取ってくれるよね」

「で、ですが……」

「……実はもう、手配は済ませているんだ」

「ええっ。もうですか？」

顔を上げて目を瞠るわたくしに、テランス様は悪戯っぽい笑みを向ける。こちらが受け取る保証なんてないのに……本当に困った方だ。

「受け取ってもらえなかったら、悲しいな」

テランス様はそう言うと、眉尻をぐっと下げた。そんな顔をされると心が痛くなってしまう。うう、どうしたものかしら……。

その時、教室の空気がどこか浮ついたものへと変わった。続けて、早足でこちらへ向かってくる足音が聞こえる。これは……あの子ね。

「テランス様。姉様に触れるなと、先日申し上げましたよね」

頭の上で、聞き慣れた声が響く。背後を見やれば、顔を引きつらせたナイジェルがそこにいた。今日は、エルネスタ殿下に捕まらなかったのかしら。

「おや。こんにちは、ナイジェル様。今日も恐ろしいお顔だね」

「誰のせいだと思っているのです。姉様に用があるのでしたら私を通してください」

「君を通したら、ウィレミナ嬢へのすべての連絡が遮断されてしまうよ」

　テランス様は肩を竦め、まだ握っていた手をエスコートするような形に繋ぎ直す。そして、手の甲にそっと口づけをした。

「テランス様！」

　テランス様に、ナイジェルが抗議の声を上げる。テランス様はくすくすと笑いながら、わたくしの手を放した。

「いやいや、本当に怖いね。ウィレミナ嬢、また明日ね」

「はい、また」

　手を振りながら去っていくテランス様を見送ってから、ナイジェルと向かい合う。見上げた義弟は、眉間に小さく皺を寄せた見るからに不機嫌そうな表情だ。

「ナイジェル、今日はエルネスタ殿下からのお呼び出しはなかったの？」

「はい、今日はまっすぐに帰れます。寮で一緒にお茶ができると嬉しいです」

　声をかければ、ナイジェルは眦を下げて嬉しそうにそう答える。

「お茶は別に構わないけれど……」

……？　エルネスタ殿下といられないのに、どうしてそんなに嬉しそうなのかしら。

「あっ！」

ナイジェルは小さく叫ぶとはっとした顔でわたくしの手を取り、テランス様が口づけた手の甲を丁寧にハンカチで拭いた。……子どもの頃も、こんなことがあったわね。昔より優しく拭いてくれているから、痛いということはないけれど。

「ナイジェル、どうして拭くのよ」

「きちんと拭いておかないと、姉様が汚れたままになってしまいます」

「お前はテランス様のことをなんだと思っているのよ」

「姉様の周囲をぶんぶんと飛び回る、羽虫だと思っています」

「……おかしな子」

ついくすりと笑ってしまうと、ナイジェルも口元を緩める。彼はわたくしの手の甲をひと撫でると、満足そうに頷いた。

……胸の中にあったもやもやが、ナイジェルと過ごしていると解けていくのだから不思議だ。

ナイジェルは片手にわたくしの荷物を持つと、もう片手をこちらに差し出した。

「さ、寮へ帰りましょう。姉様」

「そうね、帰りましょう」

差し出された手を取ると、優しい力で握られる。わたくしは義弟に手を引かれながら、教室を後にした。

――この一連のやり取りを見ていた生徒たちにより『恋人ができても、ナイジェル様の姉べったりは治らないらしい』という噂が流れたことをわたくしが知るのは、しばらく後の話である。

寮の部屋へ帰って着替えを済ませ、エイリンにお茶の準備をお願いする。

自身のテリトリーに戻ったことへの安堵でほっと息を吐きながら、わたくしは長椅子に腰を下ろした。外はどうしても、気を張ってしまうのよね。そんなわたくしの隣に、ナイジェルがいそいそと腰を下ろした。

ほかの椅子も空いているのに、この子の定位置はいつもここね。別に……嫌ではないのだけれど。そう、嫌じゃないわ。ナイジェルが側にいると、なぜだか胸が温かくなる。その感覚は優しくて、心地よいものだ。家族愛なのかしらと思うのだけれど、お父様と一緒にいる時の感覚とはなにか違う気がするのよね。

そんなことをぼんやりと考えていると、隣からの視線がうるさいことに気づいた。

「ナイジェル。どうしてそんなに見るの？」

「いや。あ、その」

ナイジェルは口ごもった後に、そっとわたくしの手を握る。そして少しためらってから口を開いた。

「テランス様と姉様がなにを話していたのか……。少し、気になってしまって」

小声で言いながら、ナイジェルは手を握る力を強くする。テランス様と話していたこと……ね。

「そんな大したことは話していないわよ？」

「それでも、知りたいです」

そう言ってじっと見つめられ……。わたくしは、テランス様との会話の内容を洗いざらい話すことになってしまった。それを聞くにつれて、ナイジェルの表情は恐ろしいものになっていく。

「ナ、ナイジェル？」

「パーティーのエスコート役が、テランス様であることも許せないのに。姉様に贈り物を渡そうとするなんて！」

「落ち着きなさい、もう！」

叱るように言いながらおでこを指先で数度と押すと、ナイジェルは唇を尖らせる。

「……落ち着けません。私がエスコートできればいいのに」

「その日は、お父様の用事があるのでしょう？　それは仕方がないことだわ」

王妃陛下主催のパーティーの日。ナイジェルはお父様から申し付けられた用事で、出かけなければならないそうだ。行き帰りの護衛はしてくれるそうだけれど、慌ただしいことになってしまうからなんだか申し訳ないわね。

「そう、ですけれど」

ナイジェルはきゅっと唇を噛みしめる。そんなに義姉のエスコートをしたいなんて、おかしな子。

「それに……」

「それに？」

「お前が今後パーティーに行くとして、エスコートするのは姉ではなくエルネスタ殿下でしょう？」

わたくしは言葉を発した後に、義弟の青の瞳をじっと見つめた。するとそれは瞠られる。吸い込まれてしまいそうに、美しい瞳ね。この瞳に熱を込めて見つめられれば、どんなご令嬢でも恋に落ちてしまうに違いない。きっと……エルネスタ殿下だって。

ご側室のご息女であるエルネスタ殿下が、今回の王妃陛下のパーティーに呼ばれることはないだろう。

けれど別のパーティーにナイジェルが呼ばれる機会は、この先どんどん増えるはずだ。ナイジェルの容貌は華美で、その身はガザード公爵家に属している。パーティーの華として呼びたい家は多々あるはずだ。

その際にナイジェルが手を引くべきなのは、義姉ではなくエルネスタ殿下……よね。

なぜだかため息が零れ、得体の知れない感情が靄のように広がり心に満ちた。

「エルネスタ殿下とは、そんな仲ではありません！」

ナイジェルは叫ぶように言い、わたくしの手を両手で握る。大きな義弟の手に、手はすっぽりと包まれてしまう。そして……強い視線がこちらを射貫いた。

「……そうなの？」

「そうです！」

「だけど近頃……エルネスタ殿下とばかり一緒にいるじゃない。お前がわたくしの護衛であることを、時々忘れてしまいそうになるわ。そのうちエルネスタ殿下の護衛騎士と一緒にいる時間の方が長くなりそう」

……なんだか、拗ねた子どものような口調になってしまったわ。だけど自分の護衛騎士をたびたび連れ出されているのだから、少しくらい拗ねてもいいわよね。

エルネスタ殿下が自分の護衛騎士を置いていってくれるから、身の危険に関しては心配ないのだけれど。しょっちゅうわたくしのところに置いていかれる彼とは、雑談ができる程度に仲よくなってしまったわ。たしか、侯爵家の四男で二十歳だと言っていたかしら。

型破りな殿下に振り回されているらしい彼の目の下には、くっきりとした隈がありどこか生気も薄い。それを見ていると、同情心が湧いてしまう。

「姉様！」

ナイジェルの美貌がずいと近づき、鼻と鼻が触れ合うような距離になる。頬がかっと熱を持ち、口元がわなわなと震えた。も、もう！　落ち着かないわ！

「ち、近いわよ！　ナイジェル！」

「あ……。姉様、申し訳ありません」

指摘を聞いたナイジェルは、謝罪をしてから距離を離す。正直、まだ近いけれど。さっきよりはだいぶましね。

「これは、今だけのことですので！　信じてください、お願いします！　姉様以上に大事なことなんて、ありませんから！」

必死だ。今まで見たことがないくらいに、ナイジェルが必死だわ。

疲れ切った表情のエルネスタ殿下の護衛騎士の姿が、ふと脳裏に蘇る。ナイジェルも、エルネスタ殿下になにか無理を言われているのかしら？　そうなのであれば、お父様を含めて話し合いをした方がいいかもしれない。

「妙なことに巻き込まれてはいない？　お父様に相談をした方がいいかしら？　困っているのならわたくしに言って？」

心配になり、つい矢継ぎ早に質問をしてしまう。ナイジェルはふっと視線を逸らし……

わたくしの手にすがるように力を込めた。

「エルネスタ殿下には、非はありません。その、話せない事情があるのです。申し訳ありません」

「まぁ……」

ナイジェルがこう言うのなら、わたくしにはこれ以上の詮索をすることはできない。家族に隠し事をされるのは寂しいし、とても心配だけれど。ナイジェルは家族であると同時にきちんと自立をした一個人なのだから、過干渉になるのもよくないわね。

「お嬢様、坊ちゃま。お茶菓子はマフィンでいいですか？　あら、手なんか繋いで。相変わらず、仲がいいですねぇ」

エイリンが、銀の盆に載せた紅茶を運んでくる。そして、手を繋いだままのわたくしたちを目にして、頬を緩ませた。

「マフィンは大好きよ！　ありがとう、エイリン」

ナイジェルの手からぱっと手を抜き取り、テーブルに置かれた紅茶を手にする。

……ナイジェルとエルネスタ殿下は、本当はどんな関係なのかしら。

そんなことを考えながら口にした紅茶は、なぜかいつもよりも苦い味がした。

王妃陛下のパーティーまで、残り二週間ほどとなったその日。

昼休みをカフェテリアで過ごそうということになり、ナイジェルと二人で歩いていると……。

「ナイジェル！」

近頃すっかり聞き慣れたエルネスタ殿下の声が背後からかけられた。その声音は、なぜだか震えている。

怪訝な表情を隠しつつ振り返ると、そこには顔を真っ青にして、涙を瞳いっぱいに溜めたエルネスタ殿下が立っていた。

彼女はナイジェルに駆け寄ると、ぽろぽろと大粒の涙を零す。わたくしとナイジェルは、ただ呆然とその姿を見つめることしかできなかった。わたくしたちだけではない。昼休みを思い思いに過ごそうとしていた生徒たちの注目も集まっている。

「ナイジェル、来なさい！」

「エルネスタ殿下、しかし——」

「いいから、来なさい！」

エルネスタ殿下は鬼気迫る様子でナイジェルの手を引く。ナイジェルはぐっと言葉を呑み込むような表情をしたあとに、ため息をついてわたくしに「少しだけ行ってきますね」と言い一礼をしてエルネスタ殿下についていく。

そして、わたくしは……。いつもの通りに、エルネスタ殿下の護衛騎士とその場に残されたのだった。

「……エルネスタ殿下が、申し訳ありません」

エルネスタ殿下の護衛騎士は、心底申し訳なさそうに頭を下げる。その目元の隈はいつもの通りに濃く、このままでは取れなくなってしまうのではないかと見ているこちらが不安になってしまう。

「貴方のせいではないもの。気にしないで」

そう言いながら、遠ざかるエルネスタ殿下とナイジェルに視線を向けたわたくしが目にしたものは――。

……抱きしめ合う、二人の姿だった。

それを見た瞬間。胸が強い痛みに襲われ、体中から血の気が引いていった。

「大丈夫ですか？　ウィレミナ様」

今のわたくしは死人のような顔色をしていたのだろう。エルネスタ殿下の護衛騎士に、心底心配そうな声をかけられる。

「だ、大丈夫よ。ええ、なんでもないわ」

わたくしは……そんなことを言ったのだと思う。そのあたりの記憶は、はっきりとしていない。

ただ胸が痛くて、痛くて。その理由がわからなくて。

わたくしは世界に一人だけ取り残されたような心地で、ただ立ち竦んでいた。

その昼休みの間。ナイジェルがわたくしのところに戻ってくることはなかった。

私の手を引く小さな手は大きく震え、時折嗚咽が零れている。姉様との時間を邪魔されたことへの不満はあるが、さすがに泣いている女性に厳しく当たることはできない。

「エルネスタ殿下、どうされたのですか？」

小声で訊ねると……。殿下の小さな体が私の胸に飛び込んできた。

姉様に見られ、誤解が深まったらどうするんだ。

そんな腹立たしい気持ちは、エルネスタ殿下の上げる泣き声に紛れてしまう。いつも様子がおかしい方ではあるのだが……。さすがにこれは、おかしすぎる。

「殿下、本当にどうしたので――」

「……あの女狐のところに送った、侍女が殺されたわ」

エルネスタ殿下の言葉に、私は身を強張らせた。

間諜として王妃陛下のところに送っていた、エルネスタ殿下の侍女。彼女が……殺害された？

「あんなに酷い殺され方をするなんて。あの女狐、殺してやりたい。いいえ、絶対に殺してやるわ」

憎しみがこもった口調で言うと、エルネスタ殿下は歯ぎしりをした。侍女と殿下は親しい仲だったという。その方が……エルネスタ殿下がここまで憤るような、そんな殺され方をしてしまったのか。

「殿下、落ち着いてください」

「――落ち着けるわけがないでしょう！」

研ぎ澄まされた刃物のような怒りを瞳に宿しながら、エルネスタ殿下がこちらを睨みつける。全身から怒りを漂わせながらも声は潜めているのだから、その自制はさすがと言うべきか。

「それでも、落ち着いてください。ひとまず、人気のないところへ行きましょう。ここは目立ちすぎます」

しっかりと目を合わせながら言えば、彼女は唇を噛みしめる。そして、こくりと小さく頷いた。それを見て、私はほっと胸を撫で下ろす。

エルネスタ殿下を連れ、ひとまず裏庭へ移動する。さらにその一角にある東屋へと、私たちは足を運んだ。ここなら、よほどの大声で話をしない限り誰かに聞かれることはない。

そして私は——殿下の侍女の死に関する凄惨な話を聞くことになった。

彼女の体には数十箇所の刺し傷があり、その遺体は王宮近くの川に捨てられていたそうだ。なんとも……残忍な殺し方をする。

「女狐を放置していれば、お母様や弟がそんな死に方をするかもしれない。……もう、大切な人が犠牲になるのは嫌なの。いっそ、私が殺しに行くわ。あの子が刺された二倍の数の刃を、その身に突き刺してやる」

「そんなことをすれば、大きな問題になってしまいますよ。それを口実に一族郎党殺されかねない。私がなんとかしましょう」

「……ナイジェルが？」

エルネスタ殿下はつぶやきながら、涙に濡れた赤の瞳をぱちぱちと瞬かせる。すると涙の雫が、きらきらと散った。

「ええ。私のことを狙うように仕向け……暗殺の証拠を掴みましょう」

最初から、そうすればよかったのだ。

そうすれば……無駄な犠牲を出さずに済んだ。日和見な選択に身を委ねてしまったから、一人の女性が残酷な死を迎えた。そのことは悔やんでも悔やみきれない。

「だけど、正体を明かすことは……。ナイジェルの意思だけでは難しいのではなくて？」

そう。私の正体の開示には、国王陛下とガザード公爵の同意が必要だ。そして今の状況では……その開示が許されるかは怪しいところだ。成人に近い、高位の王位継承権を持つ男。その存在は王宮に新たな派閥を生むことになり得る。第二王子殿下がある程度成長されるまで、私の存在の開示には『待った』がかかる可能性が高い。陛下は愛するご側室の子である第二王子殿下を、王位に就けたがっているだろうからな。

「身分を明かさずに、あちらに気づいていただくことにしましょう。エルネスタ殿下が私の正体に気づいたように……彼女も私を見れば気づくはずだ」

「そうね。貴方の姿を目にすれば、あの女狐は気づくと思うわ」

エルネスタ殿下は顎に手を当て思案する。その瞳には……いつもの生き生きとした光が蘇りはじめた。

「ちょうど、二週間後によい機会もありますしね」

「私は呼ばれていない、王妃陛下のパーティーね」

「ええ。本来は『お父様のご用事で』参加しないことになっておりましたが。少しくらい、姉様と一緒に顔を出してみましょうか」

王妃陛下と顔を合わせることを、私はできる限り避けてきた。そして今回も、そのつもりだったのだ。

「では、私が貴方を飾り立ててあげるわ。会場で一番目立つようにね。幸い、パーティーには年若い令嬢令息ばかりが呼ばれているのでしょう？　女狐以外、貴方が王弟殿下の遺児だと気づく可能性は極めて低いでしょうしね」

口の端をにっと上げ、エルネスタ殿下は悪い顔で笑う。乾ききっていない涙の痕が、その笑顔にさらなる凄みを加えている。

この人には泣き顔よりもこういう凶悪な顔の方が似合うな。しかし……。

「殿下に……飾られるのですか」

「なによ、嫌なの？」

「喜ばしいことだとは、思えませんね」

「もう！　ちゃんと貴方の『姉様』と並んで似合う姿にしてあげるわよ！」

あからさまに不服だという顔をしていると、腹立たしげにそう言われる。

姉様に似合うように、か。それならば……悪くないな。

放課後になり、ナイジェルの迎えを待つ。それはふだん通りのことなのだけれど。いつもと違って、わたくしは不機嫌だった。級友たちに、いつも以上に遠巻きにされてしまうくらいに。

どうしてかしら。エルネスタ殿下と抱き合うナイジェルを目にしてから……胸の中の正体不明の黒い気持ちが大きくなるばかりだ。そして苛立ちが、級友たちに悟られる程度に溢れてしまっている。

……なんて、情けないのかしら。

自身の感情を掴み損ねていることも、苛立ちを隠せないことも。公爵令嬢として、あってはならないことなのだ。わたくしは……皆の規範にならなければならないのに。

「ね、姉様」

ため息をついていると、ためらいがちに声をかけられた。ちらりと見れば、背中をしゅんと丸めたナイジェルが立っている。

「……なによ、ナイジェル」

「その。昼は戻れなくて、本当に申し訳なかったです」

「別にいいのよ。エルネスタ殿下と楽しく過ごしていたのでしょう？　それは、仕方ないわ」

ナイジェルが戻らなかったから、わたくしエルネスタ殿下の護衛騎士とお昼を共に食べたのよ。彼の名前は『リューク』だってこともわかったのだから。楽しくおしゃべりだってしたの。概ね、彼のエルネスタ殿下に関する愚痴を聞くばかりになったけれど。

だから別に……寂しくなんてなかったの。

つんとしながら、鞄に教科書を詰める。鞄を持とうとするナイジェルの手を無視して、わたくしは自ら鞄を持って立ち上がった。

「……姉様」

ナイジェルがぐっと眉尻を下げてこちらを見つめる。な、なによ。そんな顔をされても知らないんだから。知らない、んだから。

「………姉様」

「もう！　そんな顔をしないの！」

昔から、義弟の捨てられた犬猫のような顔には弱いのよ！　このお顔を見ると、折れて言うことをきかなければという気持ちになってしまう。

わたくしは、ナイジェルに鞄を渡した。そして、一つ深呼吸をする。

「お前がいなくて、たぶん寂しかったのよ」

しばらく自分の感情を探ったあとに、『近い』と思った感情を口にしてみる。……近いけれど、少し遠い気もするわね。

「だから大人げない態度を取ってしまったわ。ごめんなさいね」

わたくしの謝罪を聞いたナイジェルの瞳が、瞠られる。

「寂しかった、ですか」

「ええ、そうよ。おかしいでしょう？　姉なのに」

「いいえ、おかしくないです！　もっと私に甘えてください！」

「まぁ、おかしな子。こんな甘え方をする姉なんて面倒じゃなくて？」

「……いいえ、まったく。私といられないことで寂しがる姉様は、お可愛らしいですから」

「なっ！」

ナイジェルから満面の笑みを向けられ、わたくしは頰を熱くしながら言葉に詰まってしまう。じわりと胸が痛いような気がするけれど、それは先ほどのもののような不快なものではない。

……本当に、これはなんなのかしら。


「まぁまぁ、お嬢様。よくお似合いですよ！」

ガザード公爵家から運び込んだドレスや装飾品でわたくしを飾り立てたエイリンが、楽しそうに声を上げる。

今夜はわたくしとテランス様、そしてナイジェルが護衛として参加をする王妃陛下のパーティーだ。

ナイジェルは行き帰りの護衛だけのはずだったのだけれど、お父様のご用事がなくなったので護衛としてずっと付き添うと張り切っていた。今は席を外しているけれど……一体どこに行ったのかしら。

少しは綺麗になっているのだろうかと、淡い期待をしながら鏡を覗き込む。そこに映っていたのは……いつもながらに冴えない容姿のわたくしだった。

元が凡庸なのだから、綺麗になるはずもない。

そんなことわかっていたはずなのに。ふだん使いのドレスでも美しいエルネスタ殿下のことを思い出すと、心が少し沈んでしまう。色合いだけは似ているから、つい比べてしまうのかしら。我ながらおこがましいわね。

「もうすぐ、テランス様がいらっしゃる時間ね」

「そうですね、お嬢様」

「テランス様は、どんな色がお好きなのかしら」

結婚する可能性が一番高い男性なのに、好きな色も知らないことに今さら気づく。

ナイジェルの好きな色なら……すぐに思い浮かべることができるのに。

幼い頃に、彼は黒が好きだと言っていた。それは今ものようで、ふだん使いのものは黒が多い。少し、渋い趣味よね。

「テランス様がふだん身に着けていらっしゃるのは、明るいお色が多いですね」

エイリンは少し考えてからそう言った。彼女は人のことをよく見ている。

「そう。では、手袋は明るい色を選んでもらえる？」

「わかりました、お嬢様。お召しになっている青のドレスに合いますし、この白のものにしましょうか」

エイリンの選んだ白の手袋に手を通し、扇子も明るい色のものを選ぶ。

そうしてパーティーの支度を終えて一息ついていると、ロバートソンがテランス様の来訪を告げた。

「まぁ……」

濃紺の夜会服に身を包んだテランス様を目にして、わたくしは小さく感嘆の声を漏らしてしまった。いつも貴公子然としている彼だけれど、華やかな夜会服が彼の柔らかな美しさをさらに引き立てている。

こんな素敵な貴公子様の隣にいても、いいものかしら。

ついついそんなことを考えてしまう。今日のわたくしは、なかなか前向きな気持ちになれないようだ。

「テランス様、ごきげんよう」

「ウィレミナ嬢、こんばんは」

テランス様は挨拶の言葉を口にした後に、わたくしの手の甲に上品な仕草で口づけをした。顔を上げた彼は、わたくしの姿をまじまじと見つめる。そして白い頬を淡い赤に染めた。

「今夜の貴女は……本当に綺麗だ」

「ふふ、お上手ですのね」

「思っていることを口にしているだけだよ。もちろんふだんも、とても素敵だと思っているけれど。私は昔から貴女の虜なのだから」

手を握られながら真剣な口調でそんなことを言われると、なんだか照れくさい気持ちになってしまう。視線を落として見た彼の手は、幼い頃よりも当然ながら大きく男らしいものだ。

——互いに、大人に近づいているのね。

そんな当たり前のことを、幼馴染のような仲である彼の成長からしみじみと感じてしまった。

「テランス様も……とても素敵です。いつもとは、雰囲気が違いますわね」

今夜のテランス様は、ふだんあまり身に着けない重めの色を纏っている。こういうお色も似合うのね。

「ありがとう。君の隣に立つことを考えて、一生懸命選んだんだ」

「まぁ！　その。……嬉しい、です」

あまりにまっすぐに向けられる好意に、ついしどろもどろになってしまう。そんなわたくしに、テランス様は柔らかな笑みを向けた。

「ふふ。結婚したくなった？」

「そ、それは。お父様のお気持ち次第かしら」

「そうか、残念。ガザード公爵を頑張って口説かないとな」

「もう。テランス様ったら」

昔からの付き合いの気安さで軽口を叩き合い、微笑み合う。そんなわたくしたちを、エイリンとロバートソンが微笑ましげに見つめた。

「さて、行こうか」

「はい。今夜はよろしくお願いします」

「うん。精一杯エスコートを務めさせてもらうね」

テランス様はそう言いながら、わたくしに一歩近づく。そして……。手を取ると、自然な動作でブレスレットを手首に嵌めた。

「まぁ！」

「贈り物をすると、約束したよね」

悪戯っぽく片目を瞑られ、わたくしはふるふると首を横に振った。

「こんな素敵なもの、わたくしにはもったいないです」

ブレスレットは繊細な意匠を施した銀製のものだ。こんなに精緻な細工なのだから、きっと高価なものなのだわ。

「素直に受け取ってくれると嬉しいな。後から返してなんて言わないから」

「……後できちんとお返ししますよ」

「ナイジェル！」

――この子ったら、いつの間に。

そんなことを思いながら、声が聞こえた方に視線を向けたわたくしは――。そのまま動きを止めてしまった。

黒の夜会服に身を包んだナイジェルが、そこにいたのだ。

ふだんは垂らしている前髪は後ろに撫でつけられ、後ろ髪は黒のリボンで留められている。夜会服の袖や襟には銀で美しい刺繍が入っており、その少し古風な意匠はナイジェルの静かな雰囲気によく合っていた。幼い頃は結ぶのに手間取っていた印象しかないアスコットタイも綺麗に結ばれ、胸元に華やかさを添えている。

――王子様、みたいだわ。

着飾ったナイジェルを目にして、わたくしはそんな印象を抱いた。いえ、実際に彼は王族なのだろうけれど。

魅入られたように、義弟から目を離せない。ナイジェルはふっと甘やかな笑みを浮かべると……わたくしの方へと歩みを進めた。

「姉様」

「な、なに？」

「……綺麗です、とても。まるで月夜の妖精のようですね。姉様はいつでもお美しいですが、今日は格別だ」

「――ッ！　な、なにを言っているの！」

ナイジェルから出た言葉に、わたくしはみっともなく狼狽えてしまう。だって、ふだんのナイジェルとはあまりに雰囲気が違うから！

「今日の弟君は、エスコート役ではなかったと思うのだけれど」

テランス様がわたくしたちの間に割って入り、不服そうに言う。そんなテランス様に、ナイジェルはにこりと微笑んだ。

「はい、護衛としてお供させていただきます。ちゃんと帯剣もしておりますよ」

言われてみれば、ナイジェルはいつものように腰に剣を帯びている。意外に違和感がないものなのね。

「そういうことではなく。これでは、エスコートが二人じゃないか。まぁ、ウィレミナ嬢のような素敵な方をエスコートするには……それくらいがちょうどいいのかもしれないけれど」

テランス様はそう言うと、軽く肩を竦めた。

そうか、わたくし……。パーティーの間ずっと、この美しい貴公子たちに付き添われることになるのね。想像だけで萎縮してしまいそうだわ。

「さ、姉様。馬車に行きましょう」

「そ、そうね」

ナイジェルにそっと手を差し出され、反射的に手を乗せてしまう。

「待って。私もエスコートするよ」

テランス様にも、すかさず片手を取られてしまい……。なぜだかわたくしは、ナイジェルとテランス様に両の手を繋がれて馬車に向かうことになったのだった。

今夜の会場は王妃派に属するモレナール伯爵のお屋敷だ。家を継いだばかりの伯爵閣下は、まだ三十代半ばだそうだ。王妃陛下主催のこのパーティーを成功させ、少しでも足場を安定させたいところでしょうね。

馬車から降りる時、テランス様にそっと手を引かれる。そのまま引き寄せられ、自然な動きで腕を取らされた。まるで恋人同士のように体が触れ合うことに驚き身を離そうとしても、腰をしっかりと抱え込まれて離れられない。

そんなわたくしたちの様子に、周囲の人々からの視線が刺さる。

「テランス様……！　近すぎます」

責める声音を上げて睨んでも、彼が動揺する様子はない。それどころか、穏やかな笑みを返されてしまう。

まるで、底なし沼に杭を打つような手応えのなさだわ。結局は、彼が何枚も上手なのだ。

人前で揉み合うわけにもいかず、わたくしは抵抗を諦め体の力をふっと抜く。

するとテランス様は、嬉しそうに忍び笑いを漏らした。

「姉様に軽々に触れないでください、テランス様」

ナイジェルが、眉間に小さく皺を寄せながらテランス様に言う。そんなナイジェルに、テランス様は華やかな笑みを返した。

「なにを言っているんだい？ 触れないとエスコートはできないだろう」

「……もっと、節度を持った接触をと言っているのです」

もう！ 言い合いをするのはやめてほしいのだけれど！ 衆目が集まっているのが気配で感じられ、わたくしの羞恥と苛立ちは頂点に達した。

「いい加減にしてくださいまし！」

勢いよく顔を上げ、ナイジェルを扇子で軽く小突く。テランス様の手をぱっと払い、わたくしは歩き出した。

「くだらないことで、ケンカをしないでくださいませ。行きますわよ」

「ま、待って！ ウィレミナ嬢！」

「待ってください、姉様！」

慌てる二人の気配を背後に感じる。しかしわたくしは振り返らずに、猛然と足を動かした。

──さて、王妃陛下にご挨拶をしないといけないわね。

会場に到着し、主催である王妃陛下を探す。すると、会場の一段高いところに設えられた貴賓席に腰を下ろした王妃陛下の姿が目に入った。

豪奢な金色の髪に、柔らかそうな厚い唇。四十になったはずなのに、その見目は若々しく美しい。おっとりとした雰囲気に見える方なのだけれど。その青の瞳には、いつでも抜け目のない光が宿っている。

「まずは、陛下にご挨拶をしましょうか。そのあとに、パーティーの主催の一人のモレナール伯爵にも」

そう言いつつテランス様とナイジェルを振り返る。すると……。ナイジェルの表情は、なぜだか緊張を孕むものに変わっていた。

「……ナイジェル？」

「申し訳ありません、姉様。陛下とお会いするのははじめてなので、少し緊張するなと」

「ふふ。ナイジェル様でも、緊張することがあるんだね」

「私だって、緊張くらいします」

テランス様がくすくすと楽しそうに笑う。そんな彼を横目で見て、ナイジェルはこほんと咳払いした。

「ふふ、行きましょうか」

「そうだね。さ。ウィレミナ嬢、お手を」

テランス様に手を引かれ、王妃陛下のもとへと向かう。すると、わたくしたちに気づいた王妃陛下がこちらへと目を向け——なぜか表情を強張らせた。

その視線の先にナイジェルがいることに気づき、胸に嫌な予感が過ぎる。

ナイジェルが彼の肉親——王族の誰かに似ているとしたら。

そして、王妃陛下が知っている『誰か』の記憶と重なってしまったら。

これは、想定できる事態だった。考慮してしかるべきことだったのに。ナイジェルをこの場所に、連れてくるべきではなかったのだ。

「大丈夫？　ウィレミナ嬢」

顔色を白くするわたくしを、テランス様が心配そうに覗き込む。わたくしは大丈夫だと言うように、彼に微笑んでみせた。

「ナイジェル。わたくしたちが陛下にご挨拶をしている間に、飲み物を取ってきてもらってもいいかしら？　少し喉が渇いたの」

王妃陛下が確信にまでは至っていないことを願いながら、これ以上の接触を避けさせようとそう声をかける。けれど……。

「いいえ、姉様。私も行きます」

ナイジェルは王妃陛下を見据え——きっぱりとそう言ったのだった。

ナイジェル。貴方、なにを考えているの？

不安に胸を締めつけられるけれど、ここで踵を返すわけにもいかない。わたくしは断頭台への道を進むような心地で陛下のもとへと向かい、臣下の礼を取った。

「お顔を上げて。久しぶりね、ウィレミナ嬢。メイエ侯爵家のご令息も」

「お久しぶりです、陛下。このたびはお招きいただき光栄です」

体は、声は。震えたりしていないかしら。平静をきちんと装えていると自分を信じるしかない。

「ふふ。堅苦しいことは考えずに、無礼講と思って楽しんでもらえると嬉しいわ。……ところで。その紳士はどなたなのかしら？」

王妃陛下の視線が、ナイジェルへと向く。ナイジェルはその視線を受け止めると一歩前へ踏み出し、優美な一礼をした。

「お初にお目にかかります。ナイジェル・ガザードです、陛下。本日は姉の護衛で参りました」

「まぁ、貴方が噂の。優秀な騎士だと聞いているわ。エルネスタとも、仲がいいそうね」

「まさか陛下が私などのことをご存知だとは……光栄です」

ナイジェルはにこりと、優しげな笑みを浮かべる。その表情はまるでほかの誰かのようで、それを見ていると落ち着かない気持ちになる。王妃陛下はナイジェルを見つめ……凄絶なくらいに美しい笑みを浮かべた。

モレナール伯爵にもご挨拶を済ませたわたくしとテランス様は、すでにたくさんの人々が踊っているフロアへと足を踏み入れた。ダンスを踊るのは好きなのだけれど、先ほどのことがあったのでどうしても浮かない気持ちになってしまう。対してパートナーであるテランス様の表情は明るいもので、彼の機嫌のよさを感じさせた。

「ご機嫌ですね。テランス様」

「ダンスフロアまでは、弟君はついてくることができないからね」

テランス様はそう言うと、視線を動かす。その先には、令嬢たちに囲まれたナイジェルの姿があった。彼はたくさんの令嬢たちに話しかけられているけれど……。その誰に対しても、返事をしている様子はない。その様子を眺めているとナイジェルとぱちりと視線が合い、嬉しそうな笑みを向けられる。その瞬間、なぜだか心臓がどきりと跳ねた。

「さ、二人きりだ」

甘やかな声をかけられ、優しく腰を抱かれる。そして、軽やかな動きで体をくるりと回

された。テランス様とは何度か、パーティーに出たことがあるけれど……。彼はいつでも、女性を引き立てる巧みなリードでダンスを踊る。

——女性を幸せな夢の中へと導くダンス。

テランス様のダンスは、社交界で女性たちにそう評されていた。今夜の『幸運』なお相手であるわたくしには、令嬢たちの羨望の目が向けられている。

「ウィレミナ嬢は、私に好かれているという自覚が足りないな」

いつも通りの華麗なステップを披露しながら、テランス様が耳に囁く。唐突に囁かれた熱情を込めた言葉に、頰が熱を持った。

「か、からかわないでくださいませ」

「からかってなんかいないよ。私はいつでも本気だから」

テランス様の美しい瞳が……まっすぐにわたくしに向けられる。

今夜のテランス様からは一歩踏み込む明確な意志が感じられて、それが少しだけ怖いと感じてしまう。

「将来の婚姻という話に関しては、その」

『婚姻』は、公爵家の娘であるわたくしの義務だ。だから命じられれば、きちんと頷ける。

「両家の話がまとまりましたら、もちろん——」

その——はずなのに。

『お受けする』。以前までなら簡単に言えたその一言が、なぜだか口にできない。脳裏にナイジェルの姿がふと過ぎり……なにかが掴めそうだと思った時。テランス様に、優しく頬に触れられた。

「今までだって、ずいぶんと待ったんだ。私は案外気が長いからね。貴女の気持ちに関しては、これからも待つつもりだよ。時勢が許す限りは」

「テランス様……」

「いくら気が長いと言っても、ご老人になるまで待たされるのは勘弁してほしいけれどね」

「ふふ。さすがに、そこまで待たせるつもりはありませんよ」

テランス様の冗談に、ついくすりと笑ってしまう。そんなわたくしを見て、彼は安堵の滲む表情になった。

「少しは元気になったかな？　陛下にご挨拶をした時から、なんだか元気がなかったから」

そう言われて、テランス様の気遣いにようやく気づく。わたくしったら、気持ちがすっかり顔に出ていたのね。

「ありがとうございます、テランス様」

元気になったとは言えないけれど、その気遣いがとても嬉しい。わたくしの礼を聞いたテランス様は、にこりと柔らかな笑みを浮かべた。

その時、曲が終わりを告げる。テランス様から離れようとしたわたくしは……手を引かれ、その場に引き止められた。

「二度目のダンスは、難しいかな？」

「そう、ですわね」

同じ相手と続けてダンスを踊ることは、世間の常識的には『婚約者』や『配偶者』とする行為だ。婚約者未満である関係のテランス様と、それをするわけにはいかない。

「それは残念だ」

テランス様は本当に残念そうに言うと、わたくしのエスコートをしながらフロアを離れようとする。その時。わたくしたちの前に、ナイジェルがやってきた。

「姉様……」

彼はわたくしの前に跪き、そっと手を取る。そして長いまつ毛に囲まれた青の瞳で、まっすぐにこちらを見つめた。澄んだ瞳から、一瞬たりとも目が離せない。鼓動が速くなり、緊張からか喉がこくりと上下した。……どうしてわたくし、緊張なんかしているのかしら。

「ナ、ナイジェル？」

「……次は、私と踊っていただけませんか？」

「ダンス？　わたくしと？」

目を丸くするわたくしに、ナイジェルは頬を淡く染めながらこくりと頷く。

「はい。姉様と踊りたいです」

……家族と踊ることに問題はないけれど、その間パートナーを放置してしまうのはいかがなものかしら。少し思案した後に、わたくしは口を開いた。

「テランス様の了承をいただけるのなら、構わないわ」

「では、参りましょう！」

「ちょっと……ナイジェル！」

「ナイジェル様、許可は出していないのだけれど！」

わたくしとテランス様の抗議の声には構わず、ナイジェルは立ち上がると素知らぬ顔でこちらの手を引く。そしてあっという間に、わたくしはフロアへ連れ出されてしまった。

「もう！　テランス様からのお返事がまだだったのに！」

「きっと許可は出なかったでしょうから。彼がしゃべる前に連れ出してしまいました」

「……お前ったら」

ため息をつきつつ顔を見れば、義弟は蕩けるような笑みを浮かべる。その笑顔に、頬がかっと熱せられたような気がした。

――世間では氷の騎士様なんて呼ばれている男が、姉相手になんて顔をしているのよ。

照れ隠しに胸をぺちりと叩けば、くすくすと楽しそうに笑われる。そんなナイジェルを目にした令嬢たちが、目を丸くしながら彼を凝視した。

「さ、姉様。踊りましょうか」

囁きとともにしっかりと腰を抱かれ、心臓が大きく跳ねる。ひたりと体同士が触れ合い、大きな手や逞しい体の感触に義弟が男性であることを否応無しに意識させられてしまった。

――この子はもう立派な男性で、本当は血が繋がっていなくて。本来なら、こんな距離感で過ごしてはいけない人なのだ。

そんな考えが、脳裏をぐるぐると巡る。

こんなの……ナイジェルを男性として意識しているようじゃない。

何度も頭を振ってから、わたくしは『義姉』の仮面を懸命に纏う。そんなわたくしを、ナイジェルがなぜだか嬉しそうに見つめた。

「ナ、ナイジェル！　く、くっつきすぎよ！」

感情の乱れがステップに表れ、足をもつれさせそうになってしまう。そんなわたくしの体を支えながら、ナイジェルは華麗なステップを刻んだ。

「先ほど、テランス様ともこれくらいの距離感で踊っていましたよね？」

「そ、そんなことはなかったと思うわ！」

「そんなことありますよ。姉様は無防備すぎなんですよ。あまり妬かせないでくださいね、姉様」

あまりにも真剣な表情で言われ、わたくしは言葉に詰まってしまう。これも、いつもの『姉べったり』なのだろうけれど。

——エルネスタ殿下がいるのに、本当に仕方のない子だ。

ナイジェルは、『エルネスタ殿下とは、そんな仲ではない』と否定をしていたけれど。抱き合う二人を目にした後もそれを鵜呑みにできるほど、わたくしだって鈍くはないの。あの、王妃陛下へ向けてのわざとなのだろう正体の仄めかし……。ナイジェルは、近い未来に公に正体を明かすことを考えているのかしら。それは、王族としてエルネスタ殿下の隣に堂々と立つため？

そう考えると……理に適ってはいるわね。

エルネスタ殿下は、昨今権勢を強めているご側室のご息女だ。ガザード公爵家の者とはいえ、世間的に不義の子だと見られているナイジェルでは思わぬ反対に遭う可能性もある。けれど、ナイジェルが身分を開示さえすれば。彼はガザード公爵家と繋がりがある王族という、最強のカードに早変わりするのだ。

身分を開示することは、命の危険にも繋がることである。それをしていいと思えるくらいの相手に出会えたことは、とても素敵なことね。

「ね、姉様！」

焦った声がナイジェルから上がり、急に抱きしめられる。ダンスの途中なのにそんなことをされ、わたくしは日を白黒させた。

「ナ、ナイジェル？」

「泣かないでください、姉様」

「え……」

そう言われて指先で頰に触れると、たしかに雫が伝っている。周囲から不自然に見えないようにだろう。ナイジェルはわたくしを抱きしめたままで、ダンスを続けた。恋人のように寄り添う体勢になっているだろうことが想像できて、わたくしは身を離そうとする。けれど、後頭部をそっと押さえられてその動きは止められてしまった。

「ごめんなさい。どうして……泣いているのかわからないの」

「きっと、お疲れなのでしょう。姉様が泣き止むまでこうしていますから」

ナイジェルの優しい声音が耳朶を打つ。それは滲むように胸に広がり、なぜだか涙腺を刺激する。

胸が苦しい。間断なく瞳から溢れる雫は寄り添っているナイジェルの夜会服を濡らし、黒い染みを作っていく。離れなければと思うのに義弟の体温に安堵を覚えてしまい、このままでいたいと感じる自分がいる。そのことに戸惑いを覚えていると――。

「ウィレミナ姉様……」

苦しげな声音で名を呼ばれ優しい手つきで頭を撫でられて、心臓がとくりと高鳴った。

――わたくしの涙が止まったのは、ナイジェルと二度のダンスを踊った後だった。

「テランス様。お待たせしてしまって、申し訳ありません！」

ダンスが終わり、わたくしはテランス様に必死に謝罪をしていた。パートナーを放置して、義弟と二度も踊ってしまうなんて。マナー違反にもほどがあるわ！

「見ていてなにか様子がおかしいのはわかっていたから、気にしていないよ。気分でも悪くなったの？」

「……はい、そんなところです」

「もう、平気？」

テランス様はそう言って、わたくしの手を取ろうとする。その手をナイジェルがそっと摑んだ。

「テランス様。姉様は遠慮してお返しできないでしょうから、私がこちらをお返ししておきますね」

そしてその手のひらに、わたくしがいただいたものらしきブレスレットを載せる。それを目にして確認すると、腕からはブレスレットが抜き去られていた。この子ったらいつの間に！

「ナ、ナイジェル！」

「さ、姉様。帰って休みましょう？」

「……ウィレミナ嬢を、早く休ませたいことに関しては同意するけれど」

テランス様は手のひらに載せられたブレスレットを眺めながら微妙な顔をし、ため息をついてそれをポケットにしまう。なんだか、申し訳ないことをしてしまったわ。だけどいただくのも申し訳ないと思っていたから、内心ほっとしたことも事実だ。

「まぁ、渡す機会はいくらでもあるしね。さ、帰ろうか」

気を取り直したように言うテランス様に手を引かれ、会場を後にする。そんなわたくしたちの背中に――王妃陛下からの視線が刺さっているのが痛いくらいに感じられた。

今日はマッケンジー卿が生徒の剣の指南のために学園にやって来る。それを知ったわたくしは、学園でのお茶の約束を取りつけた。わがままかもしれないけれど、お忙しいマッケンジー卿とお会いできる機会なんて滅多にないのだもの!

……それに、少しお訊きしたいこともあったし。

そわそわとした心地で身支度を終え、いつもより念入りに髪を梳かす。そんなわたくしを、ナイジェルはなにを考えているのかわからない表情でじっと見つめていた。

「なに、ナイジェル。どこかおかしいかしら?」

「……いえ。姉様はいつもの通りにお綺麗です」

「お前は、いつもそれよね」

幼い頃から『地味な容姿だ』と陰口を言われ続けているわたくしに、ナイジェルは心からの褒め言葉を尽くす。本当に変わった子。

「姉様は、いつだって綺麗ですから」

ナイジェルは真剣な口調で言うと、青の瞳でまっすぐにこちらを見つめた。

「……そういうことは、エルネスタ殿下に言いなさい」

心に決めた相手がいるのに、いつまでも姉にべったりなのはどう考えてもよろしくない。

「姉さ……」

「そろそろ、マッケンジー卿がカフェテリアにいらしている時間ね。さ、行くわよ」

「……はい」

なぜだか不服そうなナイジェルを連れてカフェテリアに向かうと、マッケンジー卿はすでにいらしていた。彼は相変わらず甘党のようで、テーブルの上にはいくつかの菓子が並んでいる。

「ウィレミナ嬢、お久しぶりです」

こちらに気づいたマッケンジー卿は立ち上がると、綺麗な姿勢での礼を取る。その逞しい姿は、以前と変わらず素敵だ。素敵だと、心の底から思っているのだけれど。

――なぜだか、以前のようには胸が騒がない。

そのことに首を傾げながら、わたくしも一礼をしてから席に着いた。

「マッケンジー卿、お久しぶりです。お会いできて嬉しいです」

「こちらこそ、日々美しくなるウィレミナ嬢にお目にかかれて光栄です」

「ふふ、相変わらずお上手ですね。お変わりはないですか？」

「ええ、この通り。元気に過ごしております」

マッケンジー卿との会話は楽しい。気負うことなく、素のままの自分でいられる。しがらみがなく、年齢も離れているからだろうか。

ちらりと視線を向ければ、彫りの深いお顔で嬉しそうにお菓子を頬張るマッケンジー卿と視線が合う。彼は視線に気づくと少し照れくさそうに、唇についたクリームを指で拭った。そんな姿を見ていると、自然と笑みが浮かんでしまう。

「ナイジェル、部屋に手袋を忘れてしまったの。取ってきてもらってもいいかしら？」

「手袋を、ですか？　しかし……」

「護衛なら、マッケンジー卿がいらっしゃるもの。問題ないでしょう？」

「そう、ですね」

釈然としない顔のナイジェルを送り出し、マッケンジー卿に向き直る。

「マッケンジー卿。お訊ねしたいことがあるのですが」

そして、わたくしはそう切り出した。

「ほう？　なにをお訊ねになりたいのです？」

「……王妃陛下の周辺で、なにか変わったことはありませんか？」

周囲の誰にも聞かれぬように、声を潜めてそう訊ねる。するとマッケンジー卿の瞳が細められ、鋭い眼光がこちらに向けられた。その眼光に負けないよう、わたくしもしっかりと見つめ返す。

「なぜ、そんなことを私に訊くのです？」

「それは……」

近衛の長であるマッケンジー卿であれば王妃陛下の不穏な動きを知っているかもしれないと、そう思ったからだ。

――ナイジェルに、差し迫った危険がないかを確認したい。

わたくしにできることは、きっと少ないのだろう。だけど、ナイジェルのためにできることがあるのなら全力を尽くしたい。わたくしは、あの子の家族なのだから。

「王族に関することをみだりに話すことはできません。それが、ガザード公爵家のご令嬢相手だとしても」

「そう、ですよね」

予期していた通りの言葉だ。わたくしは落胆を隠せず肩を落とした。

「ただし。よほどの理由がある場合は別です」

「え……？」

「少し散歩でもしましょうか。裏庭にある花壇が見頃だったように思いますので。散歩をしながら、まずはウィレミナ嬢の話を聞かせてください。それを聞いてから判断いたしましょう。お話できることがあったとしても、当たり障りのない範囲のことのみになりますがね」

マッケンジー卿は椅子から立ち上がると、こちらに傷だらけの大きな手を差し出した。

幼い頃から憧れていたその無骨な手に、わたくしは恐る恐る手を乗せる。そして――。

ずっとあったマッケンジー卿への憧れが、胸の中から消えていることに気づいた。

以前であれば、この僥倖に飛んで喜んだはずなのに。

いつの間に、わたくしの心は変化してしまったのだろう。そのことに戸惑いながら、恋していた人に手を引かれつつ裏庭へと進む。

「人の気配はありませんね。……さて、ウィレミナ嬢。王妃陛下周辺のことをお聞きになりたいのはなぜですか？」

「それは……」

マッケンジー卿相手であっても、ナイジェルの素性のことを話すわけにはいかない。けれどそれを除外した上で、どう説明をすればいいのだろう。ナイジェルのことは隠しながら、事実だけを伝える。……それしかないかしら。

「先日、ナイジェルを連れて王妃陛下主催のパーティーに行ったのですけれど」

「ふむ。王妃陛下のパーティーにですか」

「王妃陛下のナイジェルを目にした際の反応に、不穏な空気を感じてしまいまして。それで心配になって……。その、杞憂ならいいのですけれど」

説明が難しくて、しどろもどろになってしまう。それに、明らかに不敬なことを言っているわ。お、怒られたりしないかしら。

マッケンジー卿はわたくしの顔をじっと見つめた後に……にかっと笑うと大きな手を伸ばす。

「なるほど。小僧が心配なのですな」

そして、少し乱暴に頭を撫でられた。せっかく整えた髪が乱れ、つい頰を膨らませてしまう。そんなわたくしを見て、マッケンジー卿は呵々と笑った。

もう！　マッケンジー卿は昔から、わたくしを子ども扱いばかりするのだから！

だけど。だからこそ。安心して憧れられたのね。

マッケンジー卿はかなりの年上で、亡妻を今でも一途に想っていて、元平民という身分からわたくしの婚約者という俎上に上がることが絶対にない。

最初から手が届かないとわかっているマッケンジー卿だからこそ、わたくしは幼い恋心を存分にぶつけられたのだ。

「なるほどなぁ」

　マッケンジー卿は唸りながら顎を指先で擦る。そして、ちらりとわたくしに目を寄越した。

「なんとなく、どういう状況になっているかの想像はつきます。しかし、俺がなにかを言うことはできません。恐らく、野暮なことなので」

「野暮、ですか？」

　守秘義務だとかそういうことではなく、野暮だから？　首を傾げていると、またわしわしと頭を撫でられる。

「もう！　髪が乱れてしまいます！」

「はは、失敬」

　楽しそうに笑った後に、マッケンジー卿は髪を手櫛で直すわたくしを優しい眼差しで見つめる。そして……。

「あの馬鹿弟子は、貴女のために頑張ってるのでしょうね」

　そして、思いもよらないことを口にした。わたくしのために？　それは、どういうことなのだろう。

「おっと。小僧が嗅ぎつけてやってきたようですね」

「え……」

　マッケンジー卿の視線の先を追うと、ナイジェルが慌てた様子でこちらへ駆けてくる姿が目に入る。そういえば、カフェテリアの職員に伝言もせずに裏庭へ来てしまったのよね。心配をかけてしまったわ。

「姉様！　ここにいらしたのですか！」

「ナイジェル、ごめんなさい」

「もぬけの殻になった席を見た時、本当に心配しました」

ナイジェルは眉尻をうんと下げて言うと、わたくしの手をそっと両手で握った。不安げな顔で見つめられれば、罪悪感が胸に募る。同時に、罪悪感とは別の落ち着かないような感情も胸に満ちていった。

「小僧、デートの邪魔なんて無粋だな」

からかい含みの言葉をかけるマッケンジー卿に、ナイジェルは鋭い視線を投げた。マッケンジー卿は余裕たっぷりにそれを受け止め、唇の端をきゅっと上げる。

「マッケンジー卿。姉様を勝手に連れ出したりして、どういうおつもりなのです」

「違うの、ナイジェル！」

マッケンジー卿は、気を遣って人気のない場所に連れていってくれただけなのだ。なにひとつ悪いことはない。

「マッケンジー卿は、わたくしのわがままをきいてくださっただけなの！」

「……ね、姉様の、わがままを？」

ナイジェルは鳩が豆鉄砲を食ったような、ぽかんとした顔になる。そしてそのまま……動きを止めて固まってしまった。

「ナ、ナイジェル？」

握られていない方の手で頬をぱちぱちと叩いてみても、彼は微動だにしない。これは、一体どうしたのかしら。

「あーあ、可哀想にな。ほら、しっかりしろ！」

マッケンジー卿は涙が出るほどの大爆笑をしながら、ナイジェルの頭を拳で小突く。ごつりとかなり痛そうな音がして、わたくしは思わず目を瞑った。

「ぐっ……」

その一撃で我に返ったらしいナイジェルは、小さく呻き声を上げる。そして痛みを振り払うように頭をふるふると振った。

「大丈夫？　ナイジェル」

手を伸ばして小突かれたあたりを撫でれば、彼は気持ちよさそうに瞳を細める。しばらく撫でてからもう平気そうに見えたので手を離そうとすると、その手は摑まれ引き止められてしまった。

「姉様。……離れないでください」

乞うような声とともに手のひらに愛おしげに頰を擦り寄せられ、心臓がどきりと跳ねた。

鼓動が妙にうるさくて、頬がひどく火照っている。

「姉様、顔が真っ赤です」

「え、あの。そうなのかしら。見ないでもらえると、助かるのだけれど」

指摘されると羞恥が込み上げ、わたくしは顔を伏せようとした。けれどその動きは、頬に添えられたナイジェルの手によって止められてしまう。

「そんな可愛いお顔をされると、自分に都合のよい方向に解釈してしまいそうになります」

ナイジェルは小さくつぶやいてから、手の甲にそっと口づけを落とす。柔らかな感触と吐息が肌に触れ、背筋にぞくりと甘い感覚が走った。

「小僧、そこまでだ」

鈍くて重い音がして、ナイジェルがその場に蹲る。どうやらマッケンジー卿にまた小突かれたらしい。たぶん、先ほどよりも強めに。

「あまりに目に余ることをすると、ガザード公爵に報告をするからな」

「それは、困りますね」

「ウィレミナ嬢。これは阿呆な弟子ですが、信じてやってください」

「信じる？」

「ええ、これは貴女が思っているより強いです。俺の弟子ですからね」

「まぁ。そうなのですね」

言わんとするところが摑めずに首を傾げるわたくしに、マッケンジー卿はふっと笑う。

そして軽く手を振り、颯爽と去っていった。

姉様は、小悪魔なのかもしれない。

期待を持たせるような愛らしい姿をさんざん見せつけてくるものだから、抱きしめて愛を告白したいという欲求に流されそうになってしまう。

けれど、今はまだその時ではないのだ。王妃陛下の企みを暴き、ガザード公爵に私の価値を認めさせて、姉様に求婚を――。

……して、受け入れてもらえるのだろうか。

そのことを考えると、一気に沈んだ気持ちになる。

私のすることで頰を赤らめ瞳を潤ませる姉様を見ているとつい期待をしてしまいそうになるが、姉様の想い人はマッケンジー卿なのだ。今でも二人きりで話がしたいと思うくらいに、姉様は彼のことがお好きらしい。

「ちょっと、冴えない顔をしてるんじゃないわよ」

扇子で軽く頭を叩かれ、視線を上げる。すると目の前には、不機嫌そうなエルネスタ殿下がいた。今日もエルネスタ殿下に連れ去られ、馬車に放り込まれてしまったのだ。

「なにか、妙な動きはあった？」

エルネスタ殿下に扇子を鼻先にぴしりと突きつけられ、それをゆっくり手で払う。そして質問に答えるために口を開いた。

「ええ、ありましたよ。学園の警備の騎士が六人ほど増えました」

「六人？　それは不自然ね。私とウィレミナ嬢が入学をしたから、例年よりも多くの警備がいるというのに」

エルネスタ殿下は小さく眉を顰める。そして手の中で扇子を弄んだ。

「調べたところ、身元はきちんとしており小さな前科の類もありません。しかし……」

彼らは所作を見ただけで凄腕であることがわかるくらいに、騎士として洗練されている。けれどどの部隊で一緒だった、騎士学校の同窓だった、という類の話が学園に勤める騎士連中から一切出ない。

騎士学校時代やマッケンジー卿のもとで仕事をしていた時に知り合った者たちにも彼らのことを訊ねてみたが、そちらからもなにも出なかった。

――こんなことは、不自然すぎる。

「そんな凄腕が六人ともに誰かの記憶に残ってないなんて、たしかに変ね」

「王妃陛下のところで裏の仕事をしている者たち、という可能性が高いでしょうね」

「ふふ、凄腕の子飼いを投じてまでお前を殺したいのね。捕らえられればきっとよい情報源となるわね。殺されることなく、彼奴らを捕らえる自信はあって？」

「殺されることも、逃がすこともありませんよ」

これは姉様の愛を勝ち取るための戦いだ。どんな手練れ相手だろうと、負けるつもりはない。

王宮でのご威光が日々弱まっている王妃陛下は、ガザード公爵の怒りを買いたくないはず。だから、姉様と一緒にいる時の襲撃はないだろう。一人になるタイミングを作り、やつらの襲撃の誘い水にせねば。

「女狐にぎゃふんと言わせてやりましょう、ナイジェル。絶対にあの子の仇を取るんだから。そして、弟を守るの」

エルネスタ殿下の瞳が怒りと使命に燃える。そんな彼女に、私はこくりと頷いてみせた。

春が、終わりつつある。

学園に入学してから、そろそろ三ヶ月が経つのだ。

ずいぶん早いものだと思いながら、教室の窓の外へと目を向ける。すると鮮やかな新緑の木々の上に、晴れた青空が広がっていた。庭園に植えられた花々の顔ぶれも、春らしい優しい色の花から鮮やかな夏の色を纏う花へと変わりつつある。

——いろいろなものが、変わっていく。学園入学後のわたくしの身の回りだってそうだ。エルネスタ殿下と仲睦まじげなナイジェル。明確な想いをぶつけてくるテランス様。消えてしまったマッケンジー卿への恋心。

そして、ナイジェルに対して時折感じる、胸が苦しくなるような気持ち。

この気持ちが一番不可解だわ。恋心なのかと疑ったりもしたけれど、これはマッケンジー卿に感じていたいつでも心が浮き立つようなものとはまったく違う。なのできっと、恋心ではない。

ナイジェルにはエルネスタ殿下がおり、ナイジェルは弟としての純粋な気持ちでわたくしを好いてくれている。

そして、わたくしの人生にはガザード公爵家のために殉ずる以外の選択肢はない。

だから……恋心だったら困るのよ。

ふっと息を吐いて、教科書へと視線を落とす。毎日の予習復習のおかげか、先日あった試験の成績は学年全体の五位だった。いつも通りに自分にできる最大限の努力をし、それなりの成果を出している。幼い頃から、それは変わらない。昔は、努力をしてもさらなる高みに行けない自分に苛立つこともあったけれど。

軽やかにわたくしを越えていってしまうナイジェルが、側にいたからかしら。自分の実力以上のことは無理なのだと、いい意味で気を張らなくなったような気がするわね。

そんなことを考えていると、授業の終わりを告げるチャイムの音が鳴った。

「さて……」

先ほどの授業の内容でわからない箇所があったので、わたくしは図書館に行くことにした。休み時間は長いものではないので、急いで行き来をしないといけない。

図書館は校舎とは別棟になっている。勉強熱心とは言えない生徒たちの利用は少なく、近づくにつれて人は少しずつ減っていく。そして図書館へと繋がる渡り廊下に着く頃には、わたくし一人となっていた。

――なにか、おかしいわね。

生徒たちがいないのはわかるのだ。だけど、警備の騎士までいないのは異常である。そう思い、引き返すべきだろうかと考えていると……。

「あら……？」

ナイジェルらしき後ろ姿が、図書館の裏手に向かうのが見えた。あちらには、なにもないはずだけれど。

嫌な予感が胸を過ぎり、わたくしはナイジェルの向かった方へ早足で向かう。そしてこっそりと覗き込むと、そこには数人の男たちに囲まれたナイジェルがいた。

――これはきっと、王妃陛下からの刺客だ。

男たちは学園の警備騎士の制服を身に着けており、手にはそれぞれ得物が握られている。なにか、わたくしにできることはないかしら。男たちの隙を作れるようななにかをしたいわ……！

ふと、手に持っていた教科書が目に留まる。それなりの厚さがあるこれをぶつけたら、男たちを怯ませてナイジェルの逃げる隙を作ることができるかもしれない。

「えいっ！」

思いついたら即行動だ。わたくしはかけ声とともに男たちへ駆け寄ると、教科書を男の一人に投げつけた……のだけれど。

それは誰にも届くことなく――すぐ目の前の地面にぽたりと落ちた。

「……あら？」

自分の身体能力のことを、まったく考慮していなかったわね。運動の類は不得意なのよ！

ナイジェルと男たちが目を丸くしながらわたくしに注視する。たくさんの視線が刺さり、少し臆しそうになったけれど――。

「ナイジェル、逃げなさい！」

誰かに聞こえればいいと願いながら、わたくしは大きな声を張り上げた。この調子で、人が来るまで叫び続けようかしら。きっと警備の騎士が気づいてくれるわ。

「──ちっ」

わたくしのしようとしていることに気づいたのだろう。男の一人が、舌打ちとともにこちらへ駆け出す。

「姉様！」

男に続き、ナイジェルも剣を抜き放ちながら走る。彼は一瞬のうちに男に追いつくと、軽やかな動きで男の背中を剣で薙いだ。そして懸命に手を伸ばし、わたくしの体を抱き寄せた。

「姉様、なぜここに」

「お前を見かけて、追いかけてしまったの。……嫌な予感がしたから。ごめんなさい、ナイジェル」

「謝らないでください、姉様」

ナイジェルは華やかな笑みをわたくしに向けてから、男たちに向き直る。

「ナイジェル、逃げましょう！」

一人は斬り伏せたとはいえ、相手はまだ五人もいるのだ。わたくしはナイジェルの服の裾を懸命に引っ張った。いざとなれば、わたくしが囮になろう。

わたくしはナイジェルの姉で、ナイジェルを守るべき臣下でもある。その責を果たさないと。

「……姉様。今度こそは最後まで姉様を守ります。私を守ることなど考えないでください」

「ナイ、ジェル」

胸の内を見透かされ、心臓がどきりと跳ねた。

「私は貴女の騎士になるために強くなりました。どうか私を信じてください」

その言葉を聞いた瞬間。心が柔らかに凪いでいった。

そうね、この子はわたくしの騎士なのだ。わたくしが信じなくてどうするのよ。

「わかったわ、ナイジェル。わたくしを守りなさい」

逞しく成長したその背にそう命じると、彼は風のような速さで動いた。

ナイジェルは踏み出すと、流れるような動きで剣を振るった。それは刃物を手にして斬りかかってきた男の腹を、横一閃に裂く。男の血が飛び散るのと同時に、わたくしは陰惨な光景に耐えられずぎゅっと目を瞑ってしまう。

「そのまま、目を瞑っていてください。姉様は……こんな醜いものなんて見なくていい」

涼やかなナイジェルの声が耳に届き、続けて男たちの聞くに堪えない悲鳴が次々に上がった。

わたくしは目を閉じたまま、へたりとその場に座り込んでしまう。そして体を丸めるようにして、ただ震えることしかできなくなってしまった。こんな有り様で、ナイジェルを守らないとだなんて傲慢なことをよくも思えたものだ。

涙が瞳に滲み、それは次々と頬を伝う。剣戟の音と悲鳴はすぐに止み、軽やかな足音がこちらへと近づいてきた。これは……義弟のものなのだろうか。それとも、暗殺者の？

耳を澄ますと、複数の人間が発しているのだろう微かな呻き声が聞こえる。目の前の惨状を想像してしまい、わたくしは身を竦めた。

「姉様。お見せしたくないものが転がっていますので、そのまま目を瞑っていてくださいね」

義弟の声でのそんな言葉が聞こえたのと同時に、軽々と抱き上げられる。ナイジェルが無事であったことに安堵すると涙がさらにせり上がり、わたくしはみっともなくしゃくり上げた。

「泣かないでください、姉様」

「ナイ、ジェル」

「はい」

「無事ね？」

「無事です、姉様」

恐る恐る目を開けると、そこにはふだん通りなんの変哲もないナイジェルがいる。手を伸ばしてぺたりと顔を触ってみると、少し困ったように微笑まれた。

「姉様、目を瞑っていてと――」

「よかったわ、無事で。本当に……」

存在を確かめたくて首に腕を回すようにして抱きつけば、ナイジェルはなぜか体を強張らせる。そして「姉様から、なんて」という小さなつぶやきが零れた。

柔らかな力で遠慮がちに抱き返され、首筋に顔を埋められる。くすぐったさを感じて身を捩ろうとすると、逃がすまいというように抱きしめる腕の力が強くなった。

「姉様を、お守りできてよかった」

大きな吐息とともにそんな言葉が吐き出され、わたくしは目を瞠った。この子ったら、昔の出来事にやっぱり妙な負い目を感じているんじゃ……。

「姉様を守るのは、私だけでいい。これからも……側で守らせてください」

——いいえ。なにか違うわね。

ナイジェルの声音から負い目ではなく『熱』のようなものを感じて、目をぱちぱちとさせてしまう。この違和感はなんなのかしら。

首を傾げながらもこちらからも抱きしめる力を強くすれば、ナイジェルの確かな体温が伝わってくる。その温度は全身を凍らせていた恐怖を少しずつ溶かしていった。

——暗殺者との遭遇は、当然恐ろしかったけれど。

それよりも、ナイジェルがいなくなったらという恐怖の方が大きかった。

そして、なにもできない自分が歯がゆかった。

この子を支えられるくらいに強くなりたい。そんな気持ちが胸に湧く。

わたくしなりの方法で……ナイジェルの力になれないかしら。危険でいっぱいだろうこの子の人生を、ただ無事を祈るだけで指を咥えて見ているなんて嫌だわ。

「ナイジェル、守ってくれてありがとう。だけど守られるだけじゃなくて、わたくしもお前を支えたいと……そう思っているのよ？」

身を離して見つめながら言えば、義弟はなぜか目を見開いて息を呑む。

そして、絶世の美貌が近づいてきたかと思うと頰に優しく口づけをされた。

「ナ、ナイジェル？」

「姉様、可愛らしすぎます。ああ、本当に愛おしいな」

「可愛い？　愛おしい？　な、な、なにを言っているの！　そういうことは恋仲のエルネスタ殿下に言いなさいな！」

驚愕し、つい語気が荒くなってしまう。頰もなんだか熱いわね。この子が、妙なことをしたり言ったりするから！

「それは、遠慮したいわね。その馬鹿と私は、そういう関係ではないもの」

「え……」

どこからか聞こえた声に、わたくしは目をぱちくりとさせた。

きょろきょろと周囲を見回していると、ナイジェルに図書館の方を指し示される。そち

らに目を向ければ、一階の窓からエルネスタ殿下とその護衛騎士のリュークが顔を出していた。

「エルネスタ殿下。ご、ごきげんよう」

「ごきげんよう、ウィレミナ嬢。リューク、そこに転がっている者たちを縛り上げなさい」

「エルネスタ殿下、これは一体……」

リュークは事情を知らないようで、呆然としながら呻く男たちを見つめている。……事情を知らないのは、わたくしも同じなのだけれど。

「事情はあとで説明するから。ほら、早く！　減給されたいの？」

「は、はい！」

エルネスタ殿下に発破をかけられ、ロープを手渡されて、リュークは手早く男たちを捕縛していく。その手際のよさは、つい見惚れそうになるくらいのものだ。男たちはそれなりの怪我は負っているけれど、皆命はあるようだ。そんなことができるなんて、義弟は相当の手練れなのだろう。それにしても……。

「――そういう関係では、ない？」

「ええ、そうよ。その姉べったりと恋仲なんてまっぴらよ」

「私だって、貴女のような跳ねっ返りと恋仲だなんてごめんですよ」

ぽつりと零れたつぶやきに、エルネスタ殿下とナイジェルが即座に反応をする。

……ナイジェルと、エルネスタ殿下は恋仲ではなかったのね。

その事実に、なぜかひどく安堵している自分がいる。

「王宮に連れていくと、女狐の関係者の手に落ちる可能性があるわ。ナイジェル、こいつらはガザード公爵のところに運んでも構わないわね？」

「ええ、そうしましょう。さ、姉様。行きましょうか」

「わたくしも、行っていいの？」

ようやく、理解が追いついてきた。王妃陛下を追い詰めるために、ナイジェルとエルネスタ殿下は手を組んでいたのだろう。

恐らく……ナイジェル自身や、第二王子殿下の命を守るために。

これは——王族たちの闘争だ。

わたくしのような部外者が、その話の場にいていいものなのかしら。

「姉様に聞いてほしい話があるので、来ていただけると嬉しいです」

ナイジェルはそう言うと、緊張を孕む表情でこちらを見つめる。

その表情につられるように、わたくしはこくりと頷いていた。

わたくしたちは、二台の馬車でガザード公爵家へと向かった。

エルネスタ殿下とわたくし、そしてリュークは一台目の馬車に。拘束された暗殺者たちとナイジェルは、二台目の馬車に詰め込まれている。……大きな馬車とはいえ、二台目はかなり窮屈なことになっていそうね。

暗殺者たちを馬車に詰め込んでいる時、当然ながら教師や警備騎士に見咎められた。けれどエルネスタ殿下が『ガザード公爵家の姉弟を狙った暗殺者を捕縛した』という事実に近いことを織り交ぜながら、あっという間に言いくるめてしまったのだ。本当に頭が回るお方だと、心の底から感心してしまう。

エルネスタ殿下との馬車での移動は、落ち着かない気持ちになるものだ。ナイジェル以外の接点があるわけではないので、なにを話していいのかまるでわからない。

「ねぇ、ウィレミナ嬢」

「は、はい！」

「いやね、そんなに緊張しないでよ」

呼びかけられて上ずった返事をすれば、くすりと小さく笑われる。エルネスタ殿下は赤の瞳を細めながら、わたくしを見据えた。

「あの馬鹿のことを、貴女はどう思っているの？」

「えっと。可愛い弟だと思っておりますけれど」

「それだけ？」

「ええ。……たぶん」

「ふぅん、なるほどね」

エルネスタ殿下は楽しげに口角を上げる。そんな表情をされる理由がわからずに、わたくしは首を傾げた。

「ウィレミナ！」

公爵家に着くと、早馬で知らせを受けていた様子のお父様がものすごい勢いで駆け寄ってきた。そして、エルネスタ殿下の次に馬車から降りてきたわたくしの体をぺたぺたと触る。

「お父様、わたくしは大丈夫です」

「ナイジェルも無事かい？」

「はい。彼は立派に戦い、刺客たちを退けました」

わたくしの言葉を聞いたお父様はほうと深い息を吐く。そして——。

「そうか、よかった……」

と、『父親』の顔で泣き笑いを浮かべた。

「……取り乱してしまって、すまないね。ああ、エルネスタ殿下。ご挨拶が遅れて申し訳ありません。ナイジェルはあちらの馬車ですか？」

「そうだけれど、今は見ない方がいいかもしれないわよ？　心臓に悪いことを、きっとしているから」

エルネスタ殿下はそう言うと、眉間に小さく皺を寄せる。それは……尋問、ということかしら。だからナイジェルだけ、別の馬車だったのね。耳を澄ますと、馬車の中から不穏な物音や呻くような声が聞こえてくる。うう、音だけで血の気が引いてしまうわ。

「……なるほど」

お父様は小さくつぶやいてから馬車へと向かう。そして扉をノックすると……。

「ナイジェル。なにか手伝うことはあるかい？」

と、そんな声をかけた。わたくしは驚きに目を瞠り、エルネスタ殿下は楽しそうに笑い声を立てる。そして「私も手伝おうかしら」と、とんでもないことを言った。

「大丈夫です。終わりましたので」

涼やかな声がして、ナイジェルが馬車から降りてくる。……馬車の扉が開いた瞬間ものすごい呻き声がしたのは、聞かなかったことにしましょう。

「ちゃんと、証言は引き出せたかい？」

「はい、問題なく。私の件だけでなく、第二王子殿下の暗殺未遂の件も吐きましたよ。やつらの証言をもとにした証拠固めの方は、ガザード公爵にお任せしてもいいでしょうか」

「ふむ、それくらいはしてあげようか。自分の身を安易に危険に晒すような方法は、正直遠慮してほしかったのだがね。糸口を掴めたのは素晴らしいことだね」

「王妃陛下の前に姿を晒したことを事後報告にしてしまったのは、申し訳なく思っております。しかしそれが最適解だったと確信しております」

待って。この件にはお父様も関わっているの？　お父様に驚き顔を向ければ、にこりと優しげな笑みを返される。もう！　わたくしだけ蚊帳の外だったのね！

……仕方がないとわかっていても、少しだけ寂しいわ。

「ウィレミナ。今回のことは、ある意味では君の存在が発端なんだよ」

「わたくしが、発端？」

お父様の言葉の意味がわからず、わたくしはぽかんとしてしまう。ナイジェルがこちらに歩み寄り、そんなわたくしの手を取った。返り血が増えているのは、見なかったことにしましょう。

「姉様、話を聞いていただけますか？」

熱を孕んだ青の瞳に射貫かれる。わたくしは、一体なにを聞くことになるのかしら。

「……聞いてもいいのなら、聞かせて」

「では、応接間でお茶でも出そう。エルネスタ殿下、立たせたままで申し訳ありません。さ、こちらに。護衛騎士の方は、申し訳ないですが別室に」

「はっ！　わかりました、閣下！」

ぱんと軽く手を叩きながら、お父様がそう告げる。

リュークがそれに対し、ぴしりと背筋を伸ばして返事をした。その顔色は蒼白だ。そうよね、彼はわたくし以上になにもわからずに巻き込まれているのだろうから。目の下の隈が、さらに濃くなってしまいそうね。

「ナイジェルは、湯を浴びて着替えてきなさい。血の臭いを家具につけたくないからね」

「……わかりました」

たしかに、ナイジェルから漂う血の臭いが酷いわ。これではどんな話をされても台無しになりそう。

「ふふ。ゆっくりと湯に浸かってきなさいね」

「いいえ！　すぐに戻ります！」

ナイジェルはきっぱりと言うと、慌てた様子で浴室へ走っていく。

暗殺者たちの様子はどうなっているのかと馬車に視線を向ければ、ガザード公爵家の騎士たちに引きずられるようにしながら連れて行かれているところだった。騎士たちにお父様が小声でなにか指示をし、満足そうに頷く。……暗殺者たちのその後のことは、あまり深く考えない方がいい気がするわね。

応接間でお茶を飲んでいると、髪から水滴を滴らせたナイジェルがやってきた。この子ったら、どれだけ急いでお風呂に入ったのかしら。メイドに布を持ってくるよう頼み、ナイジェルの髪から滴る水滴を拭ってあげる。すると彼は、照れ臭そうな笑みを浮かべた。

そんなわたくしたちには、お父様からの興味深げな視線が向けられている。

「お父様？　どうかなさったの？」

「いや、ずいぶんと仲がよくなったものだと思ってね」

「過去の自分の行いを、わたくし反省したのよ。ずいぶんと関係は変わったわ」

誇らしげに胸を張ると、なぜだかナイジェルから大きなため息が漏れる。……わたくし、なにかおかしなことを言ったかしら。

「なるほどね」

お父様は楽しそうに笑った後に——真剣な表情を作る。そして、おもむろに口を開いた。

「さて、話をしようか。まずはナイジェルの本当の素性からかな」

緊張した誰かが、こくりと唾を呑んだ音がした。それはもしかすると、自分自身のものだったのかもしれない。

ナイジェルは王弟殿下の忘れ形見で、王妃陛下からの暗殺を恐れたお父様が自身の『不義の子』ということにしてその存在を隠していたこと。

お生まれになった第二王子殿下の命を狙って、王妃陛下が動き出したこと。

その暗殺を阻止しようと、エルネスタ殿下とナイジェルが協力関係を結んでいたこと。

——そして。お父様とナイジェルの間で交わされていた、とある取り決めの話。

そんな話を、お父様はしてくれた。

お父様の話は……一点を除いては、概ね想像していた通りのことだった。

その一点が、とても困る内容だったのだけれど！

お父様とナイジェルの間で、『わたくしとの婚約』を賭けての取り決めがされていたなんて！　一体どういうことなの？　どうして、そんなことになったのだろう。

いろいろと疑問に思うことはある。だけど、まず言いたいのは……。

「お父様、その。仮にも王弟殿下のご令息に対して、かなりの無茶を言いましたわね？」

王妃陛下の罪を暴けだなんて。もしかしなくても、これは無理難題というものではないだろうか。

「可愛いウィレミナとガザード公爵家の将来がかかったことなのだから、当然だろう？　半端な相手と私のウィレミナを婚姻させるわけにはいかないからね。私はテランス殿にまったく不足を感じていないんだ。それ以上のなにかを提示してもらえないと困る」

……それはそうかもしれないけれど。養子として育てていたとはいえ、王族相手に不敬なことをするものだ。

「ガザード公爵。これで条件は満たせたということでよろしいでしょうか」

「まぁ、そうだね。あとのことは、こちらでなんとかするよ」

お父様は、そのあたりの石をどかすような気軽さで言う。

王妃陛下が近々失脚するだなんて……今はまだ実感が湧かないわね。

「ナイジェルとの婚約に関しては、ウィレミナの気持ち次第だよ。嫌ならきっぱり断っていいんだ」

お父様の言葉を聞いたナイジェルが、くるりとこちらを向いた。

強い視線に捉えられ、わたくしは長椅子から立ち上がり、つい後退りをしてしまう。エルネスタ殿下は茶菓子を摘みながら興味深げにこちらを眺め、お父様のお顔には明らかに面白がっている笑みが浮かぶ。

「姉様……」

「ま、待って！　どうして、わたくしなの？」

——これから先の人生の足場を固めるために、ガザード公爵家の娘と婚姻したいのかしら。そうね、それなら説明がつくわ。わたくしが、そんな落とし所で納得をしようとした時。

「姉様をひとりの女性として愛しているからに、決まっているじゃないですか」

真剣な声音で、その思考を否定する言葉を向けられた。

カーテンの隙間から眩しい陽が差し、義弟の絶世の美貌を照らす。その美しい瞳には……わたくしのぽかんとした顔が映っていた。

「ナイジェルが、わたくしを？」

「はい。幼い頃から、心優しく常にまっすぐな姉様をお慕いしております」

思いもしなかった義弟の言葉に、わたくしは目を丸くしてしまう。ナイジェルがわたくしのことを？ 本当に？ ナイジェルが以前言っていた『想い人』というのは……もしかしなくても、わたくしのことだったのだろうか。

ぐるぐると、思考を巡らせる。そしてわたくしは……とあることに気づいた。

「だけど、その。王位継承に関する問題が完全に片づいたわけではないでしょう？ まだナイジェルが、王位に就く可能性はあるわ。その時には、どうするつもりなの？」

ガザード公爵家を支える立場であるわたくしは、誰かに嫁するわけにはいかない。王妃陛下が失脚すれば、第一王子殿下の王位継承権は剝奪されるだろう。さらに、第二王子殿下はまだお生まれになったばかりなのだ。繰り上がって第二王位継承者となるナイジェルに、王位に就く機会が回ってくる可能性は高い。

「それは……」

ナイジェルは困ったように眉尻を下げる。その捨て犬のような表情を目にすると、胸がぎゅっと締めつけられた。

「それなら、心配ないと思うわよ」

——そう言ったのは、エルネスタ殿下だ。問題ない？ それはどういうことなのかしら。

「それは一体……？」

問いながら視線を向ければ、エルネスタ殿下は砂糖がついた指先を舌で舐め取った後に話を続けた。

「……お母様が産んだのは双子の男児だったの。その一人は王妃陛下の暗殺を恐れて、お父様とお母様が共謀して隠してしまった。だからナイジェルの王位継承権は、お兄様が継承権を剥奪されても三位のままよ。驚いたでしょう？」

エルネスタ殿下は、ふふんと楽しそうに笑う。驚いたわ。ものすごく、驚いたわよ！

ご側室はやり手な方だと聞いてはいたけれど、これは相当のようだ。

「まぁ、私は知っていたけれどね」

お父様がにこにこと笑いながらそう言って紅茶をすする。……お父様は、なんでもご存じなのね。

「姉様。私は王位など望んでおりません。私が望むのは……姉様の隣だけです」

真剣な表情をしたナイジェルが、わたくしの前に跪く。そして手を優しい力で握られ、甲に熱のこもった口づけをされた。心臓がうるさいくらいに鳴り、顔に血が上っていくのがわかる。今のわたくしの顔は……きっと真っ赤になっているのだろう。

「ナイジェル……その」

「愛しています。私の婚約者になってください、姉様。姉様の御身とお心を、この一生をかけて守らせてほしいのです」

愛の言葉とともに美しい青の瞳でまっすぐに見つめられ、逃げ場をなくした獲物のような心地になる。こ、こんなの。どうしていいかわからないわ！

「ま、待って……！」

「私のことが、お嫌いですか？」

「き、嫌いではないわ！」

「嫌いでは、ないのですね？　では……」

ナイジェルの瞳が歓喜に輝き、その口元には笑みが浮かぶ。それを見て、わたくしは狼狽してしまった。

「だけど……その。ナイジェルと婚約をすることなんて想定していなかったから、戸惑いの方が大きくて……！　正直、どうしていいのかわからないのよ」

そう、ナイジェルのことは嫌いではない。

それどころか、婚約をと乞われて最初に湧いた気持ちは——喜びだったのだ。

わたくしは恐らく、この義弟に好意を抱いているのだろう。

だからナイジェルの一挙一動で心が揺れるのだ。わかってみれば、簡単なこと。

けれどこの求愛に頷く覚悟が……今はまだ持てない。

『これはガザード公爵家のためになる婚姻なのか』。そんな考えが頭をどうしても過ぎってしまうから。これは、家のために生きることばかりを考えて生きてきたその弊害だろう。

恋に殉じる生き方なんて……わたくしは知らないのだ。

「ひとまず、現状維持という感じかな」

わたくしたちの様子を見ていたお父様がぽつりとつぶやく。その言葉を聞いたナイジェルは、衝撃を受けた表情でその動きを止めてしまった。エルネスタ殿下は、そんなナイジェルを指差しながら楽しそうにけたけたと笑う。

「その、ナイジェル」

「……諦めません」

「え？」

「絶対に。姉様に……振り向いてもらいますから」

燃える瞳が向けられ、きっぱりとした口調で宣言される。

わたくしはそんな義弟から、目を逸らすことができなかった。

お父様が物証を固め、王妃陛下の罪を告発したのはこの日から一ヶ月後のことだった。

『元』王妃陛下は王都から離れた地に幽閉されることとなり、その側には第一王子殿下が寄り添っているそうだ。

もう一人の殿下の存在も公にされ、ご側室が新しい王妃となることも決定した。王宮の情勢が、がらりと様変わりしてしまったのだ。

そして、わたくしとナイジェルはと言うと。

今までと、あまり変わらない毎日を送っている。

王妃陛下という脅威が去ってもナイジェルの本来の身分は公示されず、今まで通りの『ガザード公爵家の不義の子』という扱いのままだ。だけどこれは、仕方がないことよね。

二人の殿下が幼い今。ナイジェルの存在が公になれば、誰かがナイジェルを担ぎ出そうなんてことを考えかねない。不名誉な噂ではあるけれど、彼の正体を覆い隠すよい隠れ蓑にはなるもの。

ただ。これからは少しずつ、『ナイジェルは親戚筋の子である』という噂を流していくとお父様は言っていた。これは、わたくしとナイジェルが婚約した場合のための布石……よね。

「姉様、一緒に街に出かけませんか？」

声をかけられそちらを見れば、笑顔のナイジェルがすぐ側に立っていた。

「いいわよ。なにか買うものでもあるの？」

「いいえ。姉様とデートがしたいだけです」

「なっ……！」

ナイジェルは、今までより明らかに積極的である。そんな彼に日々戸惑ってばかりだ。

「行きましょう、姉様」

ナイジェルがわたくしの手を握り、優しい力でそっと引く。その動きにつられて、わたくしは足を踏み出した。

ナイジェルの手は大きくて、すっぽりとわたくしの手を包んでしまっている。

……頼りになる、わたくしの騎士の手だ。

いずれ躊躇なく、この手を選ぶことができるのかもしれない。

その時には、ナイジェルの隣にいるのにふさわしい人間になっていたいわ。

家の事情に流されるだけでなく……自分で人生の選択ができるような。大事な人を支えることができる人間になっていたい。

そんなことを考えながら、わたくしはナイジェルに手を引かれるままに歩いた。

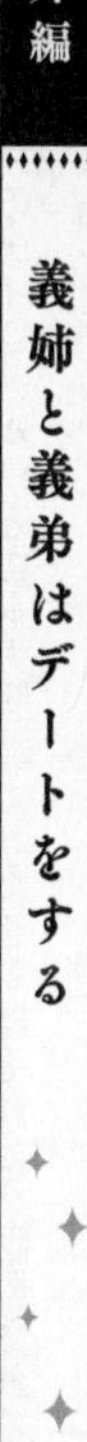

番外編　義姉と義弟はデートをする

義弟に気持ちを伝えられてから、そろそろ一ヶ月。

近頃とても積極的なナイジェルに何度目かのデートに誘われたわたくしは、彼に手を引かれるままに馬車へ向かっていた。

――何回誘われても、緊張するわね。

婚約者候補の方々と二人でお茶をしたりは過去にあったのに、どうしてこんなに緊張してしまうのかしら。相手が……ナイジェルだからなの？

ちらりとナイジェルに視線を向ければ、心の底からの嬉しそうな笑みを返される。その笑顔を目にした瞬間、心臓が大きく跳ね上がった。

ナイジェルに見惚れながら歩いていた女生徒たちも、彼の笑顔を見て苦しそうに胸を押さえる。我が家の義弟は、本当に罪作りだ。

「姉様とのデート、楽しみです」

さらに追い打ちでそんなことを言われて、頬が一気に熱を持った。いやね、絶対に顔が真っ赤になっているわ。

「姉と出かけるくらいで大げさなのよ」

　熱された頬を片手で押さえながら、つい強い語調で言ってしまう。……どうして、わたくしは可愛げのないことしか言えないのかしら。

「大げさではないですよ。想い人である姉様とのデートなんですから。楽しみで当然です」

上品なエスコートという感じで繋がれていた手が、指を絡めた形に繋ぎ直される。これは、護衛騎士とする手の繋ぎ方ではないと思うの！　指同士が密に触れ合っているせいか、なんだかとても落ち着かないわ。

「ナ、ナ、ナイジェル！　この手の繋ぎ方はなにかしら」

「世間の親しい男女は、こういう繋ぎ方をするらしいですよ」

「親しい……？」

「姉様と私は親しい仲ですよね？」

「親しい、けれど。ナイジェルの言う『親しい』では……まだないわよね？」

「未来に必ず、私の言う意味での『親しい』になるので問題ないです」

「まぁ……」

気持ちを告げてからのナイジェルはとても大胆だ。わたくしはそれに、翻弄されるばかりになってしまう。

ナイジェルの言う……未来。それは婚約ということよね。

それを想像するとむず痒い気持ちになる。だって『姉』以外の顔で、彼と接したことなんてないのだ。覚悟ができていないことに加えて、『女性』としての顔を向けることへの戸惑いだってふんだんにある。

「姉様。どうぞ」

馬車の前に着き、ナイジェルによってそっと扉が開かれたけれど……。

「ナイジェル。この手の繋ぎ方だと、馬車に乗りづらいわ」

「む……そうですね」

ナイジェルが少し不服そうな顔をしながら、手をエスコートの形に繋ぎ直す。そんな義弟を見ていると、自然に笑みが零れた。

ふだんのわたくしは、馬車の窓から街ばかりを見ている。何年ぶりかに自分の足で歩く大きな街は、少し怖いくらいに人が多かった。

学園があるのでこの街の警備の人数は多く、治安がかなりよい。治安がよいから人が集まり、安全に商売ができると店が増え、店が増えると『仕事があるかも』とまた人が増え……そんなふうに雪だるま式に人が増えてかなり栄えているとは聞いていたの。だけど実際に見ると、想像していた何倍もすごいわね。

「姉様。しっかりと腕に摑まってください」

「う、腕に？」

「ええ、腕にです。人混みではぐれたりしたらいけませんからね。姉様の安全を守るためになので、下心は少ししかありませんよ」

「……少しは、あるのね？」

「当然です」

澄まし顔で言いながら、ナイジェルが腕を差し出してくる。わたくしは少しの間それを見つめたあとに……そっと自分の腕を絡めた。

——男の人らしい、しっかりとした感触ね。子供の頃はあんなに華奢だったのに。

そんなことを思いつつナイジェルを見上げれば、彼の白皙に淡い朱が散っている。腕に摑まれと言った当人が、どうやら照れているらしい。

「今日は、どこに連れていってくれるの？」

「美味しいという噂のカフェで小腹を満たしませんか？　そのあとは、買い物でも」

「まぁ！　学園のカフェテリア以外に行くのははじめてよ」

公爵令嬢であるわたくしが、外に出る機会は極端に少ない。そして危険を避けるために、外出の際の滞在時間も長くはない。なので街の飲食店に立ち寄るような機会は、今までなかったのだ。

ナイジェルに連れていかれたのは、三角屋根が可愛らしい煉瓦造りの建物だった。二階建てのその建物は、一階が菓子の販売所で二階がカフェスペースらしい。

「可愛らしいところね！　どなたかに教えてもらったの？」

「実は、エルネスタ殿下に教えていただきまして」

「まぁ、殿下に？」

「あの人は王女のくせにふらふらと遊び歩いているので、こういう場所に詳しいのです」

どこか棘のある口調で言って、ナイジェルは歩みを進める。

王妃陛下の事件解決後。『エルネスタ殿下に惹かれたりはしなかったの？』と、ナイジェルに訊ねたことがあった。だって、殿下はとても素敵な方ですもの。すると……。

『あの方の護衛騎士と違って、振り回されて喜ぶ趣味はないですから』と、そんな言葉が返ってきたのだ。リュークも……好きで振り回されているようには見えなかったけれど。

とにかく。殿下はリイジェルの好みではないらしく、そのことにほっとしたのは内緒だ。

店内に入るとナイジェルに男女問わずの視線が刺さった。そしてわたくしに視線が向けられ――一様に首を傾げられる。……釣り合わないと思っているのが丸わかりね。

学園の生徒が、この場にいたのだろう。「ガザード公爵家のウィレミナ様よ」というつぶやきが誰かから零れ、それを聞いた人々は慌ててわたくしたちから視線を逸らした。

小さなテーブルに向かい合って二人で座り、一つのメニューを一緒に覗き込む。メニューには手書きのイラストが添えられており、なにがあるのか一目でわかって便利だ。

「カヌレがあるわ、美味しそうね。だけどこちらのいちじくのケーキも気になるわね」

「いくつか頼んで、分け合いましょうか」

「まぁ！　それはいい考えね！」

ぱっと顔を上げると、ナイジェルの青の瞳が想像よりも近くにあった。そのことに驚き、わたくしは目を瞠ってしまう。こんな距離、く、口づけをされる直前のようじゃない！

「ナイジェル、近いわ」

「テーブルが狭いですからね。二人でメニューを覗き込むと当然こうなりますよ」

「そ、そう……。当然のことなら、仕方ないわね」

「ええ。仕方ないです」

それからはメニューの内容がちっとも頭に入らず。結局、ナイジェルが店員にオススメを訊いて注文を済ませてくれた。

「……そう言えば。騎士になったお祝いをなにもしていないわね」

店員が緊張からか震える手で持ってきた蜂蜜入りのハーブティーを口にしながらそう言えば、ナイジェルの瞳がぱっと輝く。

「お祝いをしてくださるのですか？」

「そうね。せっかく街に来たし、なにか身に着けるものでも贈らせてくれない？」

「姉様が選んでくださるのですか」

「ええ。男性のものを選ぶのははじめてだから、センスに自信はないけれど」

「姉様が選んでくださるなら、どんなものでもいいです」

ナイジェルはそう言うと、きらきらとした表情でわたくしを見つめる。そんなに期待をされると……応えられるか少し不安になってしまうわ。

カフェのケーキはとても美味しいもので、ナイジェルと分けながらだけれど、ぺろりと三つも食べてしまった。今日の夕食は控えめにしないと、太ってしまいそうね。

カフェを出てから、よさそうな店を探して街を歩く。女性たちの視線はどこを歩いていてもナイジェルに釘づけで、義弟はやはり美しいのだと改めて実感した。

「国中の女性たちが、ナイジェルに夢中みたいね」

「そんなことはないと思いますが。現に姉様は私に夢中ではありませんし」

しみじみとつぶやけばそんなふうに返されて、なんと言っていいのかわからなくなる。

「早く、夢中になってくださいね」

そして、美しい笑顔と……額への口づけが降ってきた。も、もう！　この子は！

「ほら、あそこのお店なんてよさそうよ！　行きましょう！」

ちょうどよさそうな宝飾店を見つけて、ぐいぐいとナイジェルの腕を引く。

「……話を逸らされた」

するとナイジェルは、不満げに小さくつぶやいた。そ、逸らすに決まってるでしょう！

宝飾店の品揃えは見るからに品がよいもので、見ていると心が沸き立った。

ああ、どれがいいかしら！　ナイジェルが身に着けているのを想像したら、どれも似合いそうで困るわ。

「ああ、どうしよう。どれもこれもあげたくなるわね」

「姉様、一つでじゅうぶんですからね？」

「……一つに絞るなんて難しすぎるわ」

「ふふ。姉様渾身の一品を期待しています」

義弟はそんなことを言って、小さく喉を鳴らして笑う。渾身の一品……。いいわ、選んでやろうじゃない。

「姉様が選んでいる間に、私も店内を見て回ってもいいですか？　姉様の安全には、当然気を配りつつ見ますので」

「いいわよ。かなり悩みそうだから……待たせてしまいそうだし」

「では姉様。楽しみにしています」

ナイジェルはそう言うと、長い脚を動かし少し離れた棚へと行く。さて、プレゼント選びを頑張りましょう！　どんなものがいいかしら。

ナイジェルは髪が長めだから、髪飾り？　それとも上品に胸元を飾るピンブローチ？

訓練で落としにくいものの方がいいかしら。本当に悩ましいわね……。

ちらりとナイジェルに視線をやると、彼もなぜか思案顔をしている。一体、どうしたのかしら。

……悩みに悩んだわたくしがプレゼントを決めた時には、すでに一時間が経過していた。

「ナイジェル、待たせてしまってごめんなさい！」

店を出てナイジェルに謝ると、彼は気にするなと言うように首を振る。

「待っている時間も楽しいものでしたよ。それで……なにをくださるのですか？」

「その、気に入ってもらえるかはわからないけれど」

「姉様がくださるものを、気に入らないなんてことはあり得ません」

「もう、お前はわたくしに甘いのだから。少し屈んでもらってもいい？」

ナイジェルはいそいそと屈み込む。その首に、わたくしは銀の指輪を鎖に通したものをそっとかけた。

「シンプルだけれど、素敵だと思ったの。首からかければなくさないでしょうし」

「……嬉しいです。ありがとうございます」

指輪を指先で弄んだあとに、ナイジェルは心の底から嬉しそうに笑う。その様子を見ると肩の荷が下りて、安堵が胸に広がった。

「それに、お揃いですしね」

「……お揃い？」

「姉様、失礼します」

右手を取られ、そっと人差し指に指輪を嵌められる。そのデザインは今贈ったものと瓜二つで、わたくしは驚きに目を瞠った。

「姉様に似合うものをお贈りしたいと思い、先ほどの店でこっそり買ったのですが。まさか揃いのものになるとは思いませんでした」

「すごい偶然ね！　ありがとう、ナイジェル」

指に光る指輪をためつすがめつ眺め、ほうと息を吐く。こんな偶然、本当に驚きね。

「姉様、偶然ではありませんよ」

「え……？」

「運命と言うのです、こういうことは」

ナイジェルが眩しい笑みを浮かべ、わたくしの手の甲に口づけをする。

わたくしは早鐘を打つ心臓を意識しながら、打ち上げられた魚のように口をぱくぱくと開け閉めすることしかできなかった。

義弟の本気が恐ろしすぎるわ。こんな生活がこれからも続くの？

――どうしよう。こんなの、心臓が持ちそうにない。

あとがき

はじめまして、夕日と申します。このたびはウィレミナとナイジェルの物語をお手に取っていただきまして、本当にありがとうございます。

この物語を書いたきっかけは、『卑怯なことが上手にできない、性根がまっすぐなヒロインを書きたい』と思ったことでした。そしてそのお相手はヒロインに惜しみない愛情を注ぐキャラクターがいいと妄想した結果、義姉のことが大好きでたまらないナイジェルが生まれました。ＷＥＢ版から改稿を重ねましたが、そんな二人の関係の基本部分は変わっていないと思っています。

家のために生きることに慣れすぎて自分のために生きることが下手くそなウィレミナですが、ナイジェルとともに自分のための未来を少しずつ歩みはじめるはずです。

名前が変わったキャラクターや年齢が微妙に変わったキャラクター、新しく登場したキャラクターなど、ＷＥＢ版と諸々違いがありますが、そんな違いもお楽しみいただけたら嬉しいです。

素敵なイラストを描いてくださった眠介先生、不甲斐ない私に辛抱強くお付き合いくださった担当様、本当にありがとうございます。

また、読者の皆様のお目にかかれる機会があることを心から願っております。

夕日

「わたくしのことが大嫌いな義弟が護衛騎士になりました 実は溺愛されていたって本当なの!?」の感想をお寄せください。
おたよりのあて先
〒102-8177 東京都千代田区富士見2-13-3
株式会社KADOKAWA 角川ビーンズ文庫編集部気付
「夕日」先生・「眠介」先生
また、編集部へのご意見ご希望は、同じ住所で「ビーンズ文庫編集部」までお寄せください。

わたくしのことが大嫌いな義弟が護衛騎士になりました
実は溺愛されていたって本当なの!?

夕日

角川ビーンズ文庫 23244

令和4年7月1日 初版発行
令和6年10月25日 8版発行

発行者――山下直久
発 行――株式会社KADOKAWA
〒102-8177 東京都千代田区富士見2-13-3
電話 0570-002-301(ナビダイヤル)
印刷所――株式会社KADOKAWA
製本所――株式会社KADOKAWA
装幀者――micro fish

●お問い合わせ
https://www.kadokawa.co.jp/ (「お問い合わせ」へお進みください)
※内容によっては、お答えできない場合があります。
※サポートは日本国内のみとさせていただきます。
※Japanese text only

ISBN978-4-04-112681-3C0193 定価はカバーに表示してあります。 ◆◇◇

傲慢王女でしたが
心を入れ替えたので
もう悪い事はしません、
たぶん
大人気WEB版を大量加筆！
傍若無人な王女のやり直し快進撃！
著／葵　れん　イラスト／漣　ミサ
傲慢王女ユスティネは死んだはずが、1年前の氷の辺境伯リュークに婚約破棄された場に逆戻りしていた！　死を回避するには彼との婚約が必須。常識外れな方法で悪評を晴らしていくうちに何故か味方が増えてきて……？

悪役令嬢、ブラコンにジョブチェンジします
イラスト／八美☆わん
浜　千鳥
破滅フラグを折るのも、
皇国滅亡ルート回避も――
すべてはお兄様のため！
名門公爵家の悪役令嬢・エカテリーナとして転生した社畜アラサーの利奈。ゲームでは知らなかった不幸な設定の悪役兄妹のため、最推し（非攻略対象）のお兄様・アレクセイのため、みんなで幸せになってみせます！
シリーズ大好評発売中！

魔力の少ない落ちこぼれのメラニーは一方的に婚約を破棄され、屋敷の書庫にこもっていた。だが国一番の宮廷魔術師・クインに秘めた才能——古代語が読めることを知られると、彼の婚約者(弟子)として引き取られ!?

借金のために実の父に売られたミシェル。奉公先は王国最強の将軍・シュヴァルツの邸だった。強面で粗野な彼に怯えながら始まる新しい生活、だけど彼の真っすぐな優しさはやがてミシェルの居場所になっていき——。

●角川ビーンズ文庫●

フロレラーラ王国の第一王女ルーティエは、幼馴染みの同盟国王子と幸せな結婚を迎える——はずだった。
結婚式の最中、突如国が攻められ、人質として敵国に嫁ぐことに。
しかも相手は、不気味な仮面をつけた皇子で⁉

新山サホ

イラスト comet

王弟殿下のお気に入り
転生しても天敵から逃げられないようです!?

このドキドキは恐怖？ 恋？

イジワル王弟とウサギ令嬢の攻防戦！

伯爵令嬢アシュリーの前世は、勇者に滅ぼされた魔族の黒ウサギ。ある日、勇者の子孫である王弟のクライド殿下との婚約が決まってしまう。恐怖で彼を避けまくるアシュリーに、彼はイジワルな笑顔で迫ってきて……!?

推定悪役令嬢は
国一番のブサイクに
嫁がされるようです
著●恵ノ島すず
イラスト●藤村ゆかこ
国一番の美男子と結婚!?
なんてご褒美ですか!!!
知らない乙女ゲームの世界に転生してしまった
推定悪役令嬢のエマニュエル。
みなし破滅エンドを受け入れる覚悟を固めた彼女に
言い渡された罰は、『国で1番ブサイクな男との婚姻』。
だけどその相手は超イケメン男子で!?

やり直し令嬢は竜帝陛下を攻略中
シリーズ好評発売中!
WEBで話題!
人生2周目は10歳の竜妃サマ!?
しかも敵だった陛下に求婚してました
永瀬さらさ
イラスト 藤未都也
婚約破棄された王太子と出会った場に、時間が戻った令嬢・ジル。破滅ルート回避のためとっさに求婚した相手は闇落ち予定の皇帝ハディス!? だが城でおいしいご飯を作ってもらい――決めた。人生やり直し、彼を幸せにします!

義妹が聖女だからと婚約破棄されましたが、私は妖精の愛し子です
WEB発話題作!!!
妖精に愛された公爵令嬢の、
痛快シンデレラストーリー!
著／桜井ゆきな　イラスト／白谷ゆう
“マーガレット様が聖女ではないのですか?”
聖女の力が発揮されず王子に婚約破棄された
公爵令嬢のマーガレット。
だが隠していた能力──妖精と会話できる姿を、
うっかり伯爵家の堅物・ルイスに見られてしまい!?
シリーズ好評発売中!!

●角川ビーンズ文庫●